TWO CITIES

两座城市

Adam Zagajewski

[波兰] 亚当·扎加耶夫斯基 / 著

李以亮 / 译

图书在版编目（CIP）数据

两座城市 /（波）亚当·扎加耶夫斯基著；李以亮译. -- 广州：花城出版社，2018.9（2020.7重印）
（蓝色东欧. 第5辑）
ISBN 978-7-5360-8723-1

Ⅰ. ①两… Ⅱ. ①亚… ②李… Ⅲ. ①散文集－波兰－现代 Ⅳ. ①I513.65

中国版本图书馆CIP数据核字（2018）第179154号

合同版权登记号：图字19－2015－100号

TWO CITIES：On Exile, History and the Imagination by Adam Zagajewski
Copyright © 1991 by Adam Zagajewski
Published by arrangement with Farrar, Straus and Giroux, LLC, New York.

出 版 人：	肖延兵
丛书策划：	朱燕玲　孙虹
出版统筹：	李倩倩　夏显夫　欧阳佳子
责任编辑：	杜小烨　蔡宇
技术编辑：	薛伟民　凌春梅
封面供图：	子夏
装帧设计：	棱角视觉 ANGULAR VISION

书　　名		两座城市 LIANGZUO CHENGSHI
出版发行		花城出版社 （广州市环市东路水荫路11号）
经　　销		全国新华书店
印　　刷		恒美印务（广州）有限公司 （广州南沙经济技术开发区环市大道南路334号）
开　　本		880毫米×1230毫米　32开
印　　张		5.5　2插页
字　　数		152,000字
版　　次		2018年9月第1版　2020年7月第2次印刷
定　　价		38.50元

本书中文专有出版权归花城出版社独家所有，非经本社同意不得连载、摘编或复制。
如发现印装质量问题，请直接与印刷厂联系调换。
购书热线：020－37604658　37602954
欢迎登陆花城出版社网站：http://www.fcph.com.cn

两座城市

目　录
CONTENTS

记忆，阅读，另一种目光（总序）/ 高兴 / 1
流亡·历史·想象力（中译本前言）/ 李以亮 / 1

第一部分　两座城市
两座城市　/　3

第二部分　公开的档案
一个小国家写给上帝的信　/　57
春天的雷雨　/　63

第三部分　新拉鲁斯百科小词典
两本书　/　85
克拉科夫　/　88
在图书馆　/　93
诗歌未被揭示的玩世主义　/　95
身处巴黎的本质论者　/　96
看门人　/　103
文学的两个缺陷　/　104

关于神秘的讲座 / 104

热　忱 / 104

存在主义 / 105

世界已撕裂 / 105

中　欧 / 106

我杀了希特勒 / 108

邪　恶 / 109

德罗戈贝奇和世界 / 110

谋　杀 / 117

主动语态 / 118

兄弟情谊 / 119

狂喜和反讽 / 119

司汤达 / 120

三种历史 / 121

读书遣时光 / 122

圣人彼得的报告 / 133

历史想象力 / 134

来自另一个世界 / 136

空　虚 / 137

富于灵感的皮肤病学家 / 138

捍卫形容词 / 148

天真与经验 / 150

记忆，阅读，另一种目光

（总序）

高兴

昆德拉说过："人的一生注定扎根于前十年中。"我想稍稍修改一下他的说法："人的一生注定扎根于童年和少年中。"童年和少年确定内心的基调，影响一生的基本走向。

不得不承认，二十世纪五六十年代出生的人都有着不同程度的俄罗斯情结和东欧情结。这与我们的成长有关，与我们的童年、少年和青春岁月有关。而那段岁月中，电影，尤其是露天电影又有着怎样重要的影响。那时，少有的几部外国电影便是最最好看的电影，它们大多来自东欧国家，几乎吸引了所有人的目光，是我们童年的节日。在某种意义上，甚至可以说，它们还是我们的艺术启蒙和人生启蒙，构成童年最温馨、最美好和最结实的部分。

还有电影中的台词和暗号。你怎能忘记那些台词和暗号。它们已成为我们青春的经典。最最难忘的是《瓦尔特保卫萨拉热窝》。"'空气在颤抖，仿佛天空在燃烧。''是啊，暴风雨来了。'""看，这座城市，它就是瓦尔特。"简直就是诗歌。是我们接触到的最初的诗歌。那么悲壮有力的诗歌。真正有震撼力的诗歌。诗歌，就这样和英雄主义和浪漫主义，紧紧地连接在了一道。

还有那些柔情的诗歌。裴多菲，爱明内斯库，密茨凯维奇。要知道，在二十世纪七八十年代，读到他们的诗句，绝对会有触电般的感觉。而所有这一切，似乎就浓缩成了几粒种子，在内心深处生根，发芽，成长为东欧情结之树。

然而，时过境迁，我们需要重新打量"东欧"以及"东欧文学"这一概念。严格来说，"东欧"是个政治概念，也是个历史概念。过去，它主要指波兰、捷克斯洛伐克、匈牙利、罗马尼亚、保加利亚、南斯拉夫、阿尔巴尼亚七个国家。因此，在当时，"东欧文学"也就是指上述七个国家的文学。这七个国家，加上原先的东德，都曾经是以苏联为首的华沙条约组织的成员。

一九八九年底，东欧发生剧变。此后，苏联解体，华沙条约组织解散，捷克和斯洛伐克分离，南斯拉夫各共和国相继独立，所有这些都在不断改变着"东欧"这一概念。而实际情况是，波兰、捷克、匈牙利、罗马尼亚等国家甚至都不再愿意被称为东欧国家，它们更愿意被称为中欧或中南欧国家。同样，不少上述国家的作家也竭力抵制和否定这一概念。在他们看来，东欧是个高度政治化、笼统化的概念，对文学定位和评判，不太有利。这是一种微妙的姿态。在这种姿态中，民族自尊心也发挥着不可估量的作用。

但在中国，"东欧"和"东欧文学"这一概念早已深入人心，有广泛的群众和读者基础，有一定的号召力和亲和力。因此，继续使用"东欧"和"东欧文学"这一概念，我觉得无可厚非，有利于研究、译介和推广这些特定国家的文学作品。事实上，欧美一些大学、研究中心也还在继续使用这一概念。只不过,今日,当我们提到这一概念,涉及的就不仅仅是七个国家,而应该包含更多的国家:立陶宛、摩尔多瓦等独联体国家,还有波黑、克罗地亚、斯洛文尼亚、塞尔维亚、黑山等从南斯拉夫联盟独立出来的国家。我们之所以还能把它们作为一个整体来谈论,是因为它们有着大多的共同点:都是欧洲弱小国家,历史上都曾不断遭受侵略、瓜分、吞并和异族统治,都曾把民族复兴当作最高目标,都是到了十九世纪末二十世纪初才相继获得独立,或得到统一,第二次世界大战后都走过一段相同或相似的社会主义道路,一九八九年后又相继推翻了共产党政权,走上了资本主义发展道路。之后,又几乎都把加入北约、进入欧盟当作国家政策的重中之重。这二十年来,发展得都不太顺当,作家和文学都陷入不同程度的困境。用饱经风雨、饱经磨难来形容这些国家,十分恰当。

换一个角度,侵略,瓜分,异族统治,动荡,迁徙,这一切同时也意味着方方面面的影响和交融。甚至可以说,影响和交融,是东欧文化和文学的两个关键词。看一看布拉格吧。生长在布拉格的捷克著名小说家伊凡·克里玛,在谈到自己的城市时,有一种掩饰不住的骄傲:"这是一个神秘的和令人兴奋的城市,有着数十年甚至几个世纪生活在一起的三种文化优异的和富有刺激性的混合,从而创造了一种激发人们创造的空气,即捷克、德国和犹太文化。"①

克里玛又借用被他称作"说德语的布拉格人"乌兹迪尔的笔为我们描绘了一个形象的、感性的、有声有色的布拉格。这是一个具有超民族性的神秘的世界。在这里,你很容易成为一个世界主义者。这里有幽静的小巷、热闹的夜总会、露天舞台、剧院和形形色色的小餐馆、小店铺、小咖啡屋和小酒店。还有无数学生社团和文艺沙龙。自然也有五花八门的妓院和赌场。布拉格是敞开的,是包容的,是休闲的,是艺术的,是世俗的,有时还是颓废的。

---

① 见伊凡·克里玛《布拉格精神》第44页,崔卫平译,作家出版社1998年版。

布拉格也是一个有着无数伤口的城市。战争、暴力、流亡、占领、起义、颠覆、出卖和解放充满了这个城市的历史。饱经磨难和沧桑，却依然存在，且魅力不减，用克里玛的话说，那是因为它非常结实，有罕见的从灾难中重新恢复的能力，有不屈不挠同时又灵活善变的精神。如果要用一个词来形容布拉格的话，克里玛觉得就是：悖谬。悖谬是布拉格的精神。

或许悖谬恰恰是艺术的福音，是艺术的全部深刻所在。要不然从这里怎会走出如此众多的杰出人物：德沃夏克，雅那切克，斯美塔那，哈谢克，卡夫卡，布洛德，里尔克，塞弗尔特，等等。这一大串的名字就足以让我们对这座中欧古城表示敬意。

布拉格如此，萨拉热窝、华沙、布加勒斯特、克拉科夫、布达佩斯等众多东欧城市，均如此。走进这些城市，你都会看到一道道影响和交融的影子。

在影响和交融中，确立并发出自己的声音，十分重要。不少东欧作家为此做出了开拓性和创造性的贡献。我们不妨将哈谢克和贡布罗维奇当作两个案例，稍加分析。

说到捷克作家哈谢克，我们会想起他的代表作《好兵帅克》。以往，谈论这部作品，人们往往仅仅停留于政治性评价。这不够全面，也容易流于庸俗。《好兵帅克》几乎没有什么中心情节，有的只是一堆零碎的琐事，有的只是帅克闹出的一个又一个的乱子，有的只是幽默和讽刺。可以说，幽默和讽刺是哈谢克的基本语调。正是在幽默和讽刺中，战争变成了一个喜剧大舞台，帅克变成了一个喜剧大明星，一个典型的"反英雄"。看得出，哈谢克在写帅克的时候，并没有考虑什么文学的严肃性。很大程度上，他恰恰要打破文学的严肃性和神圣感。他就想让大家哈哈一笑。至于笑过之后的感悟，那就是读者自己的事情了。这种轻松的姿态反而让他彻底放开了。借用帅克这一人物，哈谢克把皇帝、奥匈帝国、密探、将军、走狗等等统统给骂了。他骂得很过瘾，很解气，很痛快。读者，尤其是捷克读者，读得也很过瘾，很解气，很痛快。幽默和讽刺于是又变成了一件有力的武器，特别适用于捷克这么一个弱小的民族。哈谢克最大的贡献也正在于此：为捷克民族和捷克文学找到了一种声音，确立了一种传统。

而波兰作家贡布罗维奇与哈谢克不同，恰恰是以反传统而引起世人瞩目的。他坚决主张让文学独立自主。在二十世纪三四十年代，贡布罗维奇的作品在波兰文坛显得格外怪异离谱，他的文字往往夸张扭曲，人物常常是漫画式的，他们随时都受到外界的侵扰和威胁，内心充满了不安和恐惧，像一群长不大的孩子。作家并不依靠完整的故事情节，而是主要通过人物荒诞怪僻的行为，表现社会的混乱、荒谬和丑恶，表现外部世界对人性的影响和摧残，表现人类的无奈和异化以及人际关系的异常和紧张。长篇小说《费尔迪杜凯》就充分体现出了他的艺术个性和创作特色。

捷克的赫拉巴尔、昆德拉、克里玛、霍朗，波兰的米沃什、赫贝特、希姆博尔斯卡，罗马尼亚的埃里亚德、索雷斯库、齐奥朗，匈牙利的凯尔泰斯、艾什特哈兹，塞尔维亚的帕维奇、波帕，阿尔巴尼亚的卡达莱……如此具有独特风格和魅力的当代东欧作家实在是不胜枚举。

某种程度上，东欧曾经高度政治化的现实，以及多灾多难的痛苦经历，恰好为文学和文学家提供了特别的土壤。没有捷克经历，昆德拉不可能成为现在的昆德拉，不可能写出《可笑的爱》《玩笑》《不朽》和《难以承受的存在之轻》这样独特的杰作。没有波兰经历，米沃什也不可能成为我们所熟悉的将道德感同诗意紧密融合的诗歌大师。但另一方面，需要注意的是，由于语言的局限以及话语权的控制，东欧文学也极易被涂上浓郁的意识形态色彩。应该承认，恰恰是意识形态色彩成全了不少作家的声名。昆德拉如此。卡达莱如此。马内阿如此。赫尔塔·米勒亦如此。我们在阅读和研究这些作家时，需要格外地警惕。过分地强调政治性，有可能会忽略他们的艺术性和丰富性。而过分地强调艺术性，又有可能会看不到他们的政治性和复杂性。如何客观地、准确地认识和评价他们，同样需要我们的敏感和平衡。

一个美国作家，一个英国作家，或一个法国作家，在写出一部作品时，就已自然而然地拥有了世界各地广大的读者，因而，不管自觉与否，他，或她，很容易获得一种语言和心理上的优越感和骄傲感。这种感觉东欧作家难以体会。有抱负的东欧作家往往会生出一种紧迫感和危机感。他们要用尽全力将弱势转化为优势。昆德拉就反复强调，身处小国，你"要么做一个可怜的、眼光狭窄的人"，要么成为一个广闻博识的"世界性的人"。别无选择，有时，恰恰是最好的选择。因此，东欧作家大多会自觉地"同其他诗人，其他世界，和其他传统相遇"（萨拉蒙语）。昆德拉、米沃什、齐奥朗、贡布罗维奇、赫贝特、卡达莱、萨拉蒙等等东欧作家都最终成为"世界性的人"。

关注东欧文学，我们会发现，不少作家，基本上，都在出走后，都在定居那些发达国家后，才获得一定的国际声誉。贡布罗维奇、昆德拉、齐奥朗、埃里亚德、扎加耶夫斯基、米沃什、马内阿、史克沃莱茨基等等都属于这样的情形。各种各样的原因，让他们选择了出走。生活和写作环境、意识形态原因、文学抱负、机缘等，都有。再说，东欧国家都是小国，读者有限，天地有限。

在走和留之间，这基本上是所有东欧作家都会面临的问题。因此，我们谈论东欧文学，实际上，也就是在谈论两部分东欧文学：海外东欧文学和本土东欧文学。它们缺一不可，已成为一种事实。

在我国，东欧文学译介一直处于某种"非正常状态"。正是由于这种"非正常状态"，在很长一段岁月里，东欧文学被染上了太多的艺术之外的色彩。直至今日，东欧文学还依然更多地让人想到那些红色经典。阿尔巴尼亚的反法西斯电影，捷克作家伏契克的《绞刑架下的报告》，保加利亚的革命文学，都是典型的例子。红色经典当然是东欧文学的组成部分，这毫无疑义。我个人阅读某些红色经典作品时，曾深受感动。但需要指出的是，红色经典并不是东欧文学的全部。若认为红色经典就能代表东欧文学,那实在是种误解和误导,是对东欧文学的狭隘理解和片面认识。因此,用艺术目光重新打量、重新梳理东欧文学已成为一种必须。为了更加客观、全面地翻译和介绍东欧文学,突出东欧文学的艺术性,有必要颠覆一下这一概念。蓝色是流经东欧不少国家的多瑙河的颜色,也是大海和天空的颜色,有广阔和博大的意味。"蓝色东欧"正是旨在让读者看到另一种色彩的东欧文学,看到更加广阔和博大的东欧文学。

二〇一三年十月三十一日定稿于北京

主编简介:高兴,诗人、翻译家,一九六三年出生于江苏省吴江市。中国作家协会会员。现为中国社会科学院外国文学研究所研究员,《世界文学》主编。曾以作家、翻译家、外交官和访问学者身份游历过欧美数十个国家。出版过《米兰·昆德拉传》《东欧文学大花园》《布拉格,那蓝雨中的石子路》等专著和随笔集;主编过《二十世纪外国短篇小说编年·美国卷》(上、下册)、《伊凡·克里玛作品系列》(5卷)、《水怎样开始演奏》、《诗歌中的诗歌》、《小说中的小说》(2卷)等大型图书。主要译有《梵高》《黛西·米勒》《雅克和他的主人》《可笑的爱》《安娜·布兰迪亚娜诗选》《我的初恋》《索雷斯库诗选》《梦幻宫殿》《托马斯·温茨洛瓦诗选》等。

流亡·历史·想象力

（中译本前言）

李以亮

《两座城市》是波兰诗人亚当·扎加耶夫斯基的一部散文、随笔合集。此书一九九一年首次在波兰国内出版，一九九五年由丽莲·瓦莉女士译为英语在美国出版，并加上了"论流亡、历史和想象力"这样一个副题，分别概括了全书三辑文章大致的主题。因此也可以说，三辑大体可以提炼出这样三个关键词，只是每个词的意义都略显宽泛。我想提醒读者的是：此书的文章不是那种正儿八经的论文，其文体形式灵活而多样，但是各篇的主题都是严肃的。部分文章偏向于回忆性的散文，部分文章则偏向于评析性的随笔。

此书成于作者的盛年，又值历史发生重要变化的时期，想必各种问题纷至沓来，且作者充分调动了他所拥有的一切写作资源，包括个人和家族的记忆、各种历史事件的解密、作家和知识分子方兴未艾的对摆脱历史钳制的努力、作为一名职业诗人对于诗歌美学内部诸多问题的思考,这些势必造成了本书内容上的宽阔,甚或驳杂,必然也会给阅读带来一定的难度和挑战。不过,我相信这也许恰是某些读者特别期待的。

整体而言,这本书给我的感受,既是一部简略的个人史(主要是精神史),也是一部带有个人问题的哲思录、诗学启示录。

本书分为三大部分。第一部分即长篇散文《两座城市》,它有明显的自传和回忆性质,如同一篇"成长小说"。因为文体的缘故,我们有理由相信它的纪实性。两座城市是指利沃夫和格里威策,前者是作者的出生地,后者是他童年和少年时生活的城市。利沃夫在文中属虚写,是一个"失去的城市",只出现在上一代人的讲述和作者的想象里;格里威策则是实写,从不同角度折射出了二十世纪六十年代前后波兰社会的一般状况,特别是普通人生活的真实状况——在这座"丑陋的工业城市","仇恨和绝望"无处不在。

扎加耶夫斯基将自己定义为"无家可归者":这一方面是因为他出生不到四个月,因为国家版图的重新划分,就被家人带到了原属异国的另一个城市;另一方面的原因则更为复杂:"出于偶然、命运的无常、本身的错误或气质上的缺点,从童年或从锻造他的年少岁月起,他就不能或不想与他成长、成熟的环境建立起紧密和深厚的联系。"无家可归,成为命运的一种安排;诗人的写作,在一定程度上便是对这种命运的承担与克服。"无家可归,但也并不总是不快乐。无论怎样,这个更糟糕的城市也给我提供了各种卑微的财富,首先便是头顶的一个屋顶。"当然,我们不难想象,还应包括精神上的财富。事实上,我们从《两座城市》这篇回忆录中读到的,无不可以理解为诗人在精神上获得的财富,无论是上一代人"被割裂为两截"的生活,还是他在成长过程中遇到的给予他影响的人物。正如作者所说:"我生活在一种成长小说里。"

在这里,我们可以看到诗人思想的一个起点、想象力的一个源头,以及他逐步提高的自我认识:"我怀疑,在许多交谈者眼里,我也许是一个令人不快的、自负的自命不凡者……我是荒谬的。""我是谁?一个年轻的无政府主义者?一个年轻的唯美主义者?然而,我不曾鄙视一个最简单的问题:如何生活,才不伤害他人,才能帮助他们。"在扎加耶夫斯基的思想里,有一种倾向,便是对于生活本身的热情,其实它也深植于他的早年:

> 我体验到某种全新的东西:一个人可以与他人同在,在团体中间,在一群人中间,却仍然只是自己。一个人能敏锐、动心地感受到他人的存在,同时不失去自我,或作为个体和普通人的特性。

需要说明的是,《两座城市》并不只有抽象的议论,相反,它更多是通过细节的刻画,达到对于自我和他人的理解。有这样一个例子:

> 我们楼下的一个邻居,憎恨当局,以致从来没有离开过他的住所。有时他穿一件蓝色睡衣出现在院子里。他也来自利沃夫。他属于移民社区激进的一翼,并且拒绝接触新的世界里所有的一切。他穿睡衣走进院子,这样,就没有人会认为他离开过房子。不过是一个囚徒在监狱做一些身体的锻炼。那时我不理解他,他让我发笑;我现在想到他,想到一个人自己判自己多年的监禁,生活在那些没有被打开过的旅行箱、后德国的墙壁、半明半暗的环境中,是怎样一种苦难。他是一个老人,满怀仇恨和绝望。也许他在梦里回到了逝去的日子,那个不得不离开的地方。这也许就是为什么他总是穿着睡衣。他生活在梦里,只是在梦里。他的睡衣,犹如一件潜水服;他潜入往昔,仿佛一个蛙人。

我相信，这样的叙述高过许多的长篇大论，其穿透力，完全是可以超越国界和语言的。可贵的是，在《两座城市》里，这样的文字随处可见。

《两座城市》之后，作者还有一部同样具有自传性的回忆录《另一种美》，可以看作是其姐妹篇，后者既是前者的补充、延续，更是扩展和深入。

苏珊·桑塔格在其长文《智慧工程》里说，扎加耶夫斯基的书"部分是关于挣脱历史钳制的沉思"，即"如何将自我从历史的狰狞鬼脸和反复无常中解放出来"。这个判断是准确的。大体来说，扎加耶夫斯基不能算作"清算文学"的代表，他"并没有再去提供一份谴责，直指历史上的罪行和压迫"。

从本书的第二部分来看，两篇文章，矛头虽然也会指向"罪行和压迫"，但是文字的意义又不止于此，它们差不多都采取了巧妙的反讽方式，都有超出社会学研究的价值。作者给它们选择了一个总题："公开的档案"。所谓"档案"，公开就具有"解密"的性质，同属于作者的"个人化历史"的写作。限于篇幅，具体内容不在此详述了。

上帝在哪里？——在受苦里，还是快乐里，在一束光里，还是在恐怖里？在富裕而自由的城市里，还是在集中营里？当然，我知道，很幸运我知道，回答这个问题的最后一部分并不困难。然而，如果上帝偏爱黑暗和恐怖充斥的地方，那意味着什么？啊，在美里面，我也感到神圣的存在，但是，对我来说那似乎不是同一个上帝。是的，我知道，一个人必须敞开自己，必须谦卑地接受到来的一切，而不是坚持要理解那些不可理解的事物。我不应谈论这个，我是谁？冒险闯入一个属于教士的领域？我只是一个门外汉，我应该保持在自己的能力、经验和反思的范围内。

译者不能确定第二部分《春天的雷雨》有多少自述的成分（它讲述的部分往事的确并不是发生在作者身上的），但是，它确实透露了诗人在移居巴黎后的一些信息。作者在出国后确实也发生过转变，"朝向美学领域的飞升"。诗人的老朋友朱利安·科恩豪塞尔曾批评他改变了自己"集体的主题"，成了一个单纯的"抒情诗人"。对于自己被指控为一个"浅薄诗人"，扎加耶夫斯基有过这样的自我辩护："在波兰，很多批评家指责我，说我漂浮到了一个审美愉悦的轻浮海面。当然，这样的看法并非是唯一的；波兰也有批评家能够公正地看我，他们认为我依然在对历史做出反应，不过不再是以我年轻时习惯的那种方式。"

本书的第三部分题为《新拉鲁斯百科小词典》，作者以影响颇大的一种法语词典之名，可能意在借喻本辑内容的广泛性和灵活性。这一部分，主要是作者对于波兰和欧洲几位诗人和作家的精短评论，以及作者关于一些哲学和诗学问题的思考，大都不成体系，有时只有思考的结论，并无更多的论证。

就在完成《两座城市》一书的翻译后不久，译者在波兰文化网站上看到一条消息：扎加耶夫斯基在德国被授予以让·埃默里的名字命名的"欧洲随笔写作杰出成就奖"。让·埃默里是一位犹太作家，奥斯威辛集中营的幸存者，一九六三年后以散文和随笔写作反思纳粹对犹太人的大屠杀而广为世界所知。扎加耶夫斯基被视为一个"擅长多语种的波兰人和一个世界主义者"，由奥地利作家罗伯特·梅纳瑟领导的评审团做出了表彰的决定。评审团的授奖词里写道：

> 扎加耶夫斯基结合了明亮的政治意识和共情的艺术关怀……博学，而不自视其高；全面，而不流于琐碎；反讽，而不愤世嫉俗。他带领读者穿行于历史和当代的欧洲文化，使他们因此而改变、丰富，并更为清醒地意识到我们悬而不明的处境。

几年前，扎加耶夫斯基也获得过由中国诗人黄礼孩主持的"第九届诗歌与人·国际诗歌奖"，以及在北京颁发的第四届"中坤国际诗歌奖"。他的诗歌选集《无止境》和随笔集《捍卫热情》也由花城出版社收入"蓝色东欧"第三辑出版了。总之，对于这位杰出的诗人和散文家、随笔家，中文读者开始逐渐熟悉起来。译者希望《两座城市》及《另一种美》的出版能对我们理解诗人的思想与写作艺术有所助益。译文中或存在这样那样的瑕疵，也请尊敬的读者、师友们不吝赐教，批评指正。

二〇一七年五月　武汉

第一部分　两座城市

两座城市

雨连续下了四天。飘浮在城市上空的云,阴沉、污浊,匆忙而急切地移动,仿佛连绵的货物列车,要把海洋输送到东方。

最后,太阳终于冲破云层,潮湿、热气腾腾的屋顶瞬间成为一面面镜子,闪耀着,自在而得意。

如果将人分为定居者、移民和无家可归者,我无疑属于第三类。这算是非常清醒的看法,并无任何多愁善感或自我怜悯的矫情。

定居者通常生于斯、死于斯;有时,一个人眼里的故乡,正是其家族世代共同生活过的地方。移民往往在海外建立起他们的家,这样至少保证他们的孩子们可以再次属于定居者那一类(不过,他们说另外一种语言)。因此,移民便是一个临时的纽带、一个向导,掌握着后代的未来。他将他们带到另一个安全的地方,或者在他看来,一个安全的地方。

另一方面,一个无家可归者,出于偶然、命运的无常、本身的错误或气质上的缺点,从童年或从锻造他的年少岁月起,他就不能或不想与他成长、成熟的环境建立起紧密和深厚的联系。因此,无家可归,并不意味着一个人住在桥底,或是少有人出入的地铁站(比如勒瓦卢瓦桥车站);而只是说,那人有这个缺陷,不能将他的家可能所在的街道、社区或城市,如通常那样称为自己的小家乡。

具体到我,一个确凿的说明(也许过于简单明了),就可解释清楚,因为我的童年是在一个丑陋的工业城市中度过。我被家人带到那里时,还不满四个月。在那之后很多年里,我都会听到他们说起那座被迫离开的、无比美丽的城市(利沃夫)。所以,毫不奇怪,出于优越感，我在打量那些房子和街道时，总是带有一丝轻蔑的味道，而从现实里，我只不过获取一些生活必需品而已。

这也就是为什么——至少在我看来——我是如此众所周知地无家可归（我这样说，尽量不想引起任何的怜悯，同时，我也不想使人认为，对此奇特之处我颇感自豪）。

我父母的生活被割裂为两截：迁徙前和迁徙后。我的生活也是一样，除了在那个动人的城市里度过的四个月，无论如何不能和后来成长的经历相比。然而，无论一个人的生活从哪里开始分割和划分，它总是被割裂和划分成两半。

如果我是生活了八个月，善于数字计算的人也许会满意。然而，事情的转折是以那样一种不同的方式发生的，神秘主义者也许会感到高兴，因为那最初无意识的四个月，闪耀着启示的光。

无家可归，但也并不总是不快乐。无论怎样，这个更糟糕的城市也给我提供了各种卑微的财富，首先便是头顶的一个屋顶。

而且，有时甚至也有一些更为慷慨的礼物。比如，有一次——那时我很可能已经十六岁——我的一个同学卖给我一些唱片，那是他从学生歌咏俱乐部偷来的。（这个俱乐部因为一场大火，有部分被毁掉了，所以我的同学也不能严格地被定义为"窃贼"）这些都是德国唱片公司制作的，它们包括下列作品：伊戈尔·斯特拉文斯基的《彼得鲁什卡》[1]、贝多芬弦乐四重奏作品59－3号[2]（三首弦乐四重奏献给了拉祖莫夫斯基[3]）、莫扎特第25钢琴协奏曲、海顿的清唱剧《四季》之《春天》。

---

[1] 芭蕾舞剧音乐《彼得鲁什卡》是斯特拉文斯基继《火鸟》之后又一部成功之作，是古典传统与现代艺术思潮相结合的典范之作。1911年在巴黎首演。

[2] 贝多芬一生共写下16部弦乐四重奏，根据其作曲年代，可分为早、中、晚期三部分。编号Op.59的三部，第七至第九部弦乐四重奏，作于1806年。

[3] 从1806年春天开始，贝多芬花半年的时间，创作了一组共三首弦乐四重奏，题献给了拉祖莫夫斯基伯爵，后者当时是俄罗斯驻奥地利大使。

唱片曲目的选取是随意的。我想，虽然我的同学不是严格意义上的窃贼，但他在猛然抓住那些唱片时，一定也非常匆忙。对于我，这全然随机凑在一起的作品，却成为我音乐教育的基础。

鉴赏行家一定会问：巴赫①在哪里？蒙特威尔第②呢？《格里高利圣咏》③、舒伯特④和瓦格纳⑤在哪里？

可惜他们都不在学生歌咏俱乐部里。更何况，瓦格纳本人在政治上造成了损害。商店里没有太多的古典唱片。那时候波兰的统治者，瓦迪斯瓦夫·哥穆尔卡⑥，很不注重音乐的价值（这让他付出了代价——他的统治非常不着调）。

是的，在这些唱片中，的确没有巴赫或蒙特威尔第，但有《彼得鲁什卡》响亮、轻快、具有挑战性的小号，有弦乐四重奏作品59号沉思的财富，有莫扎特晚期的钢琴协奏曲，最后，还有海顿献给大地之春的赞歌。

---

① 约翰·塞巴斯蒂安·巴赫（1685—1750），德国作曲家。音乐史上最重要的作曲家之一，并被尊称为西方"现代音乐之父"。

② 克劳迪奥·蒙特威尔第（1567—1642），意大利作曲家。1637年在威尼斯建立第一家公众歌剧院。他还创作了许多宗教音乐作品和牧歌。其牧歌标志着意大利文艺复兴后期世俗音乐发展的顶峰。

③ 罗马天主教做弥撒时所用的音乐。罗马教皇格里高利一世为了统一教会仪式中的音乐，将教会礼仪歌曲、赞美歌等收集、整理成一本《唱经歌曲》，共收集整理三千多首歌曲，后来被人们称为《格里高利圣咏》。

④ 弗朗茨·泽拉菲库斯·彼得·舒伯特（1797—1828），奥地利作曲家，早期浪漫主义音乐的代表人物，也被认为是古典主义音乐的最后一位巨匠。

⑤ 威廉·理查德·瓦格纳（1813—1883），德国最著名的浪漫派作曲家之一，同时是一位影响巨大的歌剧改革家。因为在政治、宗教方面思想的复杂性，他成为欧洲音乐史上最具争议性的人物。

⑥ 瓦迪斯瓦夫·哥穆尔卡（1905—1982），波兰政治家。出身于石油工人家庭，16岁参加青年社会主义运动，1926年加入波兰共产党。第二次世界大战期间在国内领导抵抗运动。1945年至1948年为波兰共产党总书记。1948年后被指责犯右倾民族主义错误而解除党内职务。1951年被捕，直到1954年12月重获自由。苏共二十大后，波兰政治生活发生重大变化。哥穆尔卡被恢复名誉，重新成为波兰党和国家的领袖，后因经济改革不利于1970年下台。

直到今天,我还保留着这些唱片其中的一张,现在它就在我眼前:拉祖莫夫斯基四重奏。它包含这些部分:一、活泼的快板;二、近似小快板的行板;三、优雅的小步舞曲;四、很快的快板。由科伊克特四重奏组①演奏,乌黑光亮的唱片带有黄色的标签。

音乐是为无家可归者创造的艺术,因为所有艺术中,它与空间的关联最少。它非常具有国际性。为什么相当一部分音乐作品都有一个意大利名称?为什么贝多芬出生在波恩却在维也纳去世?为什么他将三个小提琴四重奏献给一个俄罗斯贵族?为什么中国人演奏肖邦的夜曲?为什么亨德尔②要去伦敦而罗西尼③要去巴黎?

绘画是定居者的艺术,他们喜欢凝视自己的住地。肖像画使定居者确信他们实在地活着(因为它们是可见的)。唯有静物画——并非全部——揭示事物绝对的冷漠、愤世嫉俗,而且,缺少地方性的爱国主义。莫兰迪④所画的大水罐,和博洛尼亚毫无共同之处;但它们都很脆弱、薄、充满空气。在维米尔⑤的绘画里,室内的一切都属于小城代尔夫特⑥,但是,窗户却敞向虚空(也就是,敞向光)。

同时,诗歌最适合移民。那些不幸的人,携带他们可怜的物品,站在深渊之上——在一代与一代之间、在大陆和大陆之间。他们的嘴

---

① 德国弦乐四重奏组,最早成立于1939年,1947年正式命名为"科伊克特四重奏组",1949年起加入巴伐利亚广播交响乐团,因此进入兴盛期,足迹曾到达美洲和欧洲主要城市。团队于1992年解散。

② 乔治·弗里德里希·亨德尔(1685—1759),英籍德国作曲家。生于德国哈雷哈勒,师从管风琴家查豪,学习作曲。1703年迁居汉堡从事歌剧的创作。1706年后在汉堡威尔及伦敦两地进行创作,不久成为英国的音乐权威人士。作品有《阿尔米拉》《哈利路亚》等。

③ 焦阿基诺·安东尼奥·罗西尼(1792—1868),意大利歌剧作曲家,19世纪上半叶意大利歌剧三杰之一。生前创作了39部歌剧以及宗教音乐和室内乐。

④ 乔治·莫兰迪(1890—1964),意大利著名版画家、油画家。

⑤ 约翰内斯·维米尔(1632—1675),荷兰最伟大的画家之一。作品大多是风俗题材的绘画。

⑥ 代尔夫特是荷兰城市,位于海牙和鹿特丹之间。

唇有时候会翕动一下，有的人冒出一声可怕的诅咒，另一些人则会吟出一些诗节。

从社会学的意义上讲，我的家族完全是那个爱空想的社会阶层——所谓知识分子群体的代表：来自于地位较低的贵族，很久很久之前就已失去财产，而且，在几乎两百年里一直就在经历各式各样的变形和尝试，大多演化成为司法人员或教书先生，在他们抽屉的最下面，仍然保留着高贵血统的一些痕迹——家族盾徽、庄园残剩的最后的名称。

此外，我的父亲在一个崇拜社会主义者约泽夫·克莱门斯·毕苏斯基①的家庭里长大，我的母亲却成长于一个效忠于民族主义者罗曼·德莫夫斯基②的家庭。

在一九四五年十月，我们一家四口，也就是，我父母、我姐姐和我，经过两个星期的跋涉，从利沃夫到达格利维策。家族的墓地留在了东边。我们家族的精灵在决定乘一辆牛车陪我们踏上不确定的旅程之前，很可能会犹豫一下。那些司法人员、教书先生、医生、已故贵族的精灵们，多半要过上不稳定的生活，去吃别人家的面包了。

有一些人移民了，去西欧碰运气——比如，那不曾做过公务员或教书先生的一位亲戚，一个陶匠，移居到了一个讲两种语言的瑞士小城比尔市③，开办了一家瓷砖厂。

我祖父的表兄利奥波德·兹勃罗夫斯基，移居巴黎，成了一名艺

---

① 约泽夫·克莱门斯·毕苏斯基（1867—1935），波兰政治家。1918年至1922年任波兰国家元首。
② 罗曼·斯坦尼斯瓦夫·德莫夫斯基（1864—1939），波兰政治家。他开创的民族民主政治运动曾在一定程度上左右了波兰的历史与政治，并成为战争期间波兰最强大的政治集团之一。德莫夫斯基虽然一生都是具争议性的人物，但在波兰恢复独立方面发挥了一定作用。他与毕苏斯基并称为波兰20世纪最重要的政治人物。
③ 瑞士城市。城市名用德文和法文拼写作 Biel/Bienn，而且法律规定该城市所有标志必须用两种语言同时表示。

术经纪人。苏丁①和莫迪利亚尼②的作品都曾经过他的手；因为热心对待他的艺术家，并且因从不设法盘剥他们而享有很好的名声。他很可能也是一个诗人。在休斯敦博物馆，悬挂着莫迪利亚尼为他创作的一幅肖像画（它不算前者最好的作品）。博物馆提供给参观者的小册子上说，肖像是利奥波德·兹勃罗夫斯基，"一位波兰诗人"。

他相貌英俊。但因生活奢华，超出承受范围，他破了产，很年轻就辞世而去，虽然他推销的画家成功地进入了世界绘画史。他是蒙帕纳斯较为知名的人物之一。在一幅照片里，着装优雅的兹勃罗夫斯基坐在法国南方一张咖啡桌子边，沉浸于读报；这是一幅黑白照片，但我们能感受到普罗旺斯阳光的存在，阳光因梧桐树叶的遮蔽显得很是柔和。照片记录了和平、休憩的短暂时刻，它似乎也是这幅照片的主题，仿佛在说："当然，我属于这样的时刻，南方的阳光是我的，梧桐树叶是我喜欢的遮阳伞，我一直在从这家报纸获得关于世界的消息。"

评价一个人的事业和命运，是一件很困难的事。是否应该计算寿命的长度、子嗣的数量、银行的存款，或者留在地球表面的痕迹？如果将最后一项作为标准，利奥波德·兹勃罗夫斯基也许很难有什么怨言。

有时，只有一点痕迹留下来：比如我祖父的一个兄弟艾米尔，在很年轻时就过世了，但他留下了一本论述教育问题的小册子。这本小册子至今在许多图书馆还能找到；它是我的祖先们的一个小小的纪念碑，因为他们多是教员，执教于中小学，或贸易学校，或利沃夫及其附近的史坦尼斯拉维夫、斯尼亚滕地区的中学（艾米尔生活于普热

---

① 柴姆·苏丁（1894—1943），法国画家。他是犹太人，生于明斯克附近的斯米罗维奇，逝于巴黎。他是巴黎画派的代表画家，著名作品有《剥了皮的公牛》《卡尼列风景》《林荫大道》。

② 阿梅代奥·莫迪利亚尼（1884—1920），意大利绘画大师，逝于巴黎。

梅希尔)。①

  我很难想象,他们的家、家具和花园看起来是什么样子。有时我很好奇,他们的生活氛围、他们呼吸的道德空气究竟是怎样的。我想,常常会有一种不满足感吧:他们生活在一个分裂的国家,职业生涯往往会有被中断的危险,未来是那样不确定。

  但是,也许根本不是那样。统治帝国的是身体强壮的弗朗茨·约瑟夫②,他活了那么久,几乎成为自然的一个反常之物,就像一棵古老的菩提树。我的祖先只是教书先生,所以他们活得谨小慎微,但也还算安全。也许,他们原就知道,一生的职业生涯之后,可以指望拿到多少退休金。

  经过战争和放逐后,他们紧紧抓住了老家剩下来的一切:一把柳条椅,高地人使用的基里姆地毯,水彩画和油画,照片(上面是戴宽檐帽的早已过世的女士,还有可爱的猫与狗)。家族是一个紧密的结。他们喜欢星期天,尤其钟爱假日的午餐和晚餐。在享用的过程中,他们能够私领一份家庭内特殊的热情、兄弟般的温暖、亲密和信任之感。他们讨论家庭和国家的事务。在仿佛永远不会结束的宴会过程中,遥远、与己无关的一切都变得不实在、不真实起来。由于波兰语的特性,他们都有一些精致的爱称,都有双重的名字。对于普通世界、对于官方来说,他们是杨、博古斯拉夫、瓦迪斯瓦夫、特克拉、特蕾莎、玛丽亚,但实际上只有那些讨人喜欢的家庭爱称才是真正作数的——如:米什卡、穆西雅、热妮雅、阿齐奥、托洛、博古斯。就像存在两种货币、两种语言、两种表意系统:一个对外人,一个对

---

① 史坦尼斯拉维夫,波兰语旧称,此地现属于乌克兰,乌克兰语名伊万诺-弗兰科夫斯克,是伊万诺-弗兰科夫斯克州的首府。斯尼亚滕,现属乌克兰,距离伊万诺-弗兰科夫斯克州仅81公里,由伊万诺-弗兰科夫斯克州负责管辖。普热梅希尔是波兰南部第二古老的城市,仅次于克拉科夫,早在8世纪已经创立。现在是农产品的加工中心,也是波兰与乌克兰间铁路交通枢纽。
② 弗朗茨·约瑟夫一世(1830—1916),奥匈帝国皇帝。

家庭。

　　作为友爱和自助的堡垒，家庭是真正的参照系。家族的宗派起源于彼此的联系，或相互的竞争。从贵族身份地位这一面讲，家族的意义是非常高的，而从谨慎的知识分子阶层这一面讲，家族的意义就低得多。陌生人是很难被这些圈子接纳的。在大约一九一〇年，我祖母的一个表兄，和一个美丽、聪明、充满活力的女人结了婚。她出身于一个犹太知识分子家庭。她被家族接纳的过程，持续了几十年。最后，她的确得到了家庭的爱称，布西雅奶奶，但是，最初相当大一部分家族成员是抵制她的，而她自己的家庭也苛责她，与她断绝了所有的关系。她活了将近一百岁。我和她很熟悉，在克拉科夫时经常拜访她。在那里，她先是跟她的丈夫、我的叔祖父约齐奥住在一起（他是战前波兰副总理尤金尼乌斯·克维亚科夫斯基的表兄弟）。后来，在我叔祖父去世后，她独自顽强地生活。

　　她为人骄傲、独立、自恃。约齐奥爷爷主要靠她照顾。她也一直爱着他，因为约齐奥爷爷是一个英俊的男人，安静、害羞，常常穿一身银行职员的优雅制服。在我的家里有一个说法，"像约齐奥一样好看"。即使头发全部花白，胡子也白了，他还是一个帅气男人。都说他有一副"著名参议员"的派头。

　　第一次世界大战时，他们在维也纳避难。"为了以防万一"，布西雅奶奶对我说，在离开利沃夫的家时，她把一罐杏脯留在桌子上，指望最终的入侵者在洗劫公寓时，止步于那罐杏脯前。我还知道，当他们从维也纳返回时，那罐杏脯（以及其他许多东西）不见了。

　　第二次世界大战期间，他们躲在一个村庄，原因不言而喻。这一次，他们似乎没有考虑留下杏脯。维也纳也不再是安全的避难所。

　　当她年事已高不能自理时，整个家族煞费苦心地共同照顾她。七十年后她就这样被我们的家族接受了。获得一个家族、一个大家庭的承认，是一件很不容易的事，尽管加入这个组织严密的家庭也不能获得特别的好处，甚至不能让一个人得到一点权力或物质财富（所谓财富——当然不是庄园,不过一间公寓;不是庭院,只是一块花园、醋栗丛、覆盆子灌木丛)。说到承认,重要的要归结到那种亲密、和平的时刻——在享用甜点后,彼此不再说话,只有蜜蜂在花园嗡嗡地响,茶匙停下来,蝴蝶在丁香花枝上打盹儿。

我的阿姨们……我的叔父们……还有一个叫库巴切卡,一个新教牧师家庭的一支,住在切申①附近的格勒什佐夫。

有一个阿姨,她叫贝塔,是一个音乐老师。战争结束后,搬到了克拉科夫,在一个远亲家里占了个角落,在厨房。夜里,她可以在那里打开一张轻便床,而在白天不被允许。她在城市里闲逛,等待夜幕降临。她把唯一的宝贝,一架钢琴,存放在克拉科夫音乐学院,因为她不可能随身带着,无休止地在这个城市的街道上走。

我的阿姨们……她们比我的叔父们更重要。我的叔父们通常没有和她们一样长寿。他们消隐在银行或学校,安安静静,沉浸于阅读报纸或书籍;而我的阿姨们统治着她们的家庭,在女权主义胜利之前,维多利亚女王统治英国之前,就统治着,却不似后者那样无情。

我的阿姨们,她们忙碌在厨房里,消失在花园中,晚上躬着身子做缝纫,眼镜反射着橙色的灯光。我的阿姨们,啊,她们的命运。

一九四五年,我们家几乎所有人都打包手提箱、行李箱,准备离开利沃夫地区。与此同时,无数德国家庭被告知,必须离开西里西亚、但泽、什切青、奥尔什丁、哥尼斯堡的家园和公寓。他们也打起行李。数以百万计的人,捆起行李箱。

当年十月,我们发现自己来到了一个更为糟糕的城市格利维策。红军仍驻守在那里,晚上经常有人听到枪响,划破黑暗的街道(或者,是后来我听人这样说过)。

我的阿姨和叔父,他们的朋友及其表兄弟、家庭、家族和部落,他们所有人,离开利沃夫——不是全部,但大多数人,不是全部,都

---

① 切申是波兰港口城市,位于奥斯拉河东岸,与捷克毗邻。

相遇在格利维策的街道上。

这是一个怎样的城市？更糟糕。更小。更朴实无华。工业化。异国的城市。

但是，必须在此生活。啊，奇迹中的奇迹，这里也有日出和日落，也有日历上相同的季节，也有城市公园。一个仿制的、木结构的埃菲尔铁塔，战前广播电台的发射塔，俯瞰着整个城市。夕阳有时躲在它后面。就在人们以为它应该滑落到大地下面去的时候，炽热的大火球却并不滑落，而是停下，在那享受纯粹静止的时刻，使得天文学家疯狂地着迷——他们会攥紧手心，望着他们的天文钟，大喊："快，快点。"

新的异国城市，晚上最是难熬。在平静的夏日，夕阳像抚摸着被它感动的现场，充满温柔。一个人可以做什么？对于新城市难以避免的冷漠，在新来者身上表现得尤其典型，他们面临夜晚的严峻考验。从某个山坡看上去，难看的城市也很诱人。在拥挤的房屋上方，从教堂的尖顶伸出去，每个塔尖都升起一个铜绿色的塔罩。窗户发出红光。公鸡风向标在微风中愉快地飘动。

柔和的小山哄骗了这些外来移民。黑森林的边缘在地平线上加深。薄雾在草地上弥漫。果园和花园里运煤的升降机井，后者看起来就像大烛台。白嘴鸦在天空聚集，逐渐聚拢沸腾的乌云，向北方飞去。

无线电收音机引起了我的兴趣。我发现，第二次世界大战就从那里开始（这是我们移民的悖论：我的父母从自己的城市被驱逐到这倒霉的地方，正是战争和雅尔塔会议直接的结果）。在所谓的格利维策挑衅事件[①]中，德国党卫军穿着波兰制服，攻击广播电台的警卫人

---

① 格莱维茨事件是纳粹德国军队伪装成波兰人于1939年8月31日向德国电台站"寄件人格莱维茨"发动攻击。该电台位于德国上西里西亚的格莱维茨——1945年后归属波兰，并改名为格利维策。

员。这一幕戏剧的组织者是莱因哈德·海德里希。有希特勒本人的命令,作为拉罗什福科的读者,他深知,"表里不一"是罪行向"美德"的敬礼,所以,在一九三九年秋,他试图以波兰的受害者而不是侵略者的角色出现。

那时我相信,收音机以某种神秘的方式统治着世界。我听说过无线电波的性质。我知道,它们是无形的,但是借助天线网络的帮助,可以捕捉它们。我的父亲写过关于无线电波的学术论文和图书。我后来也写过一首关于收音机的诗。电台的瘦长发射塔统治着城市。所有这一切都联系着。收音机说话、低语、唱歌、哑掉。短波信号充满愤怒。正是在这里,世界所有的愤怒找到一个出口;莫斯科电台,在与伦敦电台、慕尼黑电台作战。然而,中波信号却充满音乐和吸引力。舒伯特的抒情曲和肖邦的华尔兹,取代了充斥于短波电台的政治仇恨。星期天下午四点三十分,广播里有肖邦音乐会,从每道窗帘背后、从每个窗口背后、从每个家庭里,传送出葬礼进行曲的和弦。

格利维策的新居民,表面上就好像是欧洲人,只是表面上。他们大多数从东方被驱逐到这里。他们是新移民,但不是离开了自己国家的移民——国家只是向西移动了,仅此而已。他们仍然和自己的国家在一起。此外,几乎所有人可能在名字、职业、身份之前都添上了一个前缀"前"。他们是前法官、前公务员、前教授——新制度剥夺了他们从前的职业,这是他们每个人,作为公民经过严格的审查获得的职业(假如公民还存在"从前";不过,即使最可怜的人,也是存在某种"过去"的吧)。

比如说,在彼托姆斯卡大街的农贸市场,冬天穿着夹克、毛衣、羊皮大衣出售蔬菜的商贩,从针织手套里露出冻红的手,操着节奏单调的东部口音,以特别的礼貌,这样向客户打招呼:某某博士,他们如此称呼一个穿着战前的破旧毛皮大衣的老人;某某律师,这是称呼一个中年女儿身边的高个子老人。教授今天买些鸡蛋还是鸡翅呢?另一个女商贩会这样询问一个听力困难的老人,而老人不能回以礼貌,因为对方此刻的礼貌,不过是例行其事。而且,问候的下半句,滑向了从前——回到十年前,似乎在此买菜的,还是从前那个年轻的教授,在另一个市场、另一个城市、另一个时代,用着另一种货币。

彼托姆斯卡大街农贸市场的这些人,只是半真实的,而且,他们也只是此刻存在于此。除此之外,他们似乎更喜欢阴影。他们就是活生生的影子,生活在自己国家里的移民:一个不复存在的大学的前任教授;一个不复存在的军队的前任军官,带着不复存在的东部的口音;前任城市理事会成员和前任律师,或者属于另一个时代的公务员队伍,他们穿着经过多次织补的外套、战前的皮鞋,戴着褪色的帽子(那上面,还有不复存在的公司的标签)。

只有鸡蛋、西红柿和樱桃,是普通而真实的。它们微不足道,却可以触摸。

那时,我的父母属于比较年轻的一代人,他们没有改换服装,或许只是做出最小的改变——在不可避免时,改变一点。然而这些流亡者,他们在中年时来到格利维策,无力改变说话的方式、衣着或思维的方式。他们随身携带着自己的过去,就像携带樟脑球。传统西服,短袖的夏季夹克衫,有永久褶痕的细羊毛裤子,二十年前的鞋子。他们穿上它们,小心翼翼地走路,以免弄坏鞋底或划伤皮革。他们走在公园绿树成排的小路上,在"后德国"的栗树和山毛榉绿荫下休息。教授、律师、鞋匠、门卫、官员和电车司机,他们感觉厌倦,靠微薄的退休金生活,在德国人留下的城市街道上闲逛,尽力保持着尊严。

我还没有意识到,这种闲逛只是一种慢性死亡。他们走在街上,惊奇地望着公寓的普鲁士砖墙。他们吃惊地发现,自己将要死在此地。他们不情愿,因为他们并不了解这个地方,这里的空气、土地。有些人很快死去;另一些人试图延缓,也许这样能更好地熟悉周围的环境,了解本地的树木和草本植物,以便喜欢上这片土地。

他们失去了记忆——通常由于生理的原因,因为年老,他们失去了记忆中的内容;因为老年,有些人似乎渴望硬化症和遗忘,选择生活于迷雾、新出现的时代、群体和岁月里。

在我家里，也有老人正在失忆——我的祖母和祖父。我陪他们散步。他们会依靠我，我对他们说我们在什么地方、要去什么地方。我还什么都不懂，根据他们的记忆，他们说是哪里就是哪里！除了他们，谁能告诉我那么多关于他们一生的东西，而他们已经无法集中起他们全部的智慧。

在失忆的过程中，他们又回到了失去的城市。悖论的是，失忆后，他们痊愈了。因为在衰老的过程中，失忆，意味着失去对记忆里最近一层的控制，却又唤醒了不能抹去的最遥远的记忆。他们回到了利沃夫。

就这样，我和祖父走在格利维策的街道——我陪伴最多的是他——事实上，我们却走在两个不同的城市。我刚懂事，记忆还只像一粒榛仁大小。我可以肯定，我走在格利维策的街道上，走在装饰着沉重花岗岩女像柱的普鲁士分离主义者的公寓之间，我在我所在的地方。而我的祖父，尽管他走在我的身旁，实际上却行走在利沃夫。我走在格利维策，他走在利沃夫的街道。我走在一条长长的街上，如果是在美国，它很可能会被命名为具有讽刺意味的"胜利大街"（在经历过那么多失败之后！）。这条街和一个小火车站的广场相连。而我的祖父漫步在利沃夫的萨皮亚大街上。后来，为了寻求一点变化，我们走进了勇敢者公园①（波兰国王应该使德国的树木波兰化），我的祖父却以为是在利沃夫耶稣会会士的花园里。

我的祖父讲两种语言——他的母亲是德国人。他年轻时曾将波兰现代主义诗人的诗歌译成德语；当我在诗歌方面崭露头角时，他就认为我继承了他年轻时的兴趣和工作。他喜欢不知疲倦地散步。他经常

---

① 即勇敢者博莱斯瓦夫公园。博莱斯瓦夫一世（约967—1025）是皮雅斯特王朝第二位波兰大公和第一位波兰国王。波兰历史上称其"勇敢者博莱斯瓦夫"。此公园即以他的名字命名。

大声说话，令同行者颇为尴尬。因为他有这个习惯，喜欢在大街或有轨电车上表达政治观点，也无论是在德国占领期间，还是在斯大林主义时期。他属于那种男人：他们在喝茶时，喜欢把眼镜推至桌子中间，期望某个人——茶馆侍者或老板娘——将它清洗干净。他可能从来没有煮过鸡蛋，也未洗过一个盘子。他抽烟使用烟嘴。

小城的人认为他懂得所有语言。他甚至在中年时还自学了荷兰语。在战前，他是一名中学教师，教德语。年老时，他在格利维策取得翻译工作者证书，开办了一家翻译事务所。他对我很好，但我觉得他有点严厉。我曾看到一个场景，有一个穷人来到他的翻译事务所，一进来就说有东西要翻译，但他没有钱。我的祖父直接把他轰了出去。直到今天我还记得，为此我有多么恨他。这是一种资产阶级的严厉性格，懂得在商务上对谁也不能心慈手软。柔软在家里、在教堂是适当的，而在办公室、在商店或在执行公务时，却必须强硬。

我的祖父个子不高，很壮实，谢顶，戴副眼镜。他的母亲去世早，他被送到外祖母那里寄养。他工作努力，职位逐步晋升，做到了主管校务的校长。在格利维策，他的老熟人——他们有一种奥地利式的对于头衔和等级的迷恋——继续称他为"校长"。他仍然是校长，虽然最后只是我们家的校长。他一直主持家庭会议，直到失去记忆力。

后来，他整天在一把椅子上打盹儿，正因此晚上就睡不着。他总在等候客人到来，而当客人真的到来后，他又可能睡着了。这是直到他八十八岁之前的事。

终其一生，他都在做支出记录。有一个年轻时用过的笔记本，列出食宿方面的费用，书写材料被标记为"奢侈品"。这些奢侈品究竟是什么，无论我还是其他人，始终都未弄清楚。

即使在某些方面他属于具有独裁倾向、不易屈服的资产阶级，我可能是最后一个可以评判他的人，因为，如我已提及的，他对我是那么好。我目睹了他衰老的过程，年复一年虚弱、柔软、佝偻。而在开始时,他像罗得岛上的太阳神铜像——那么强大、威严、随心所欲。然后,他的权威、他的能力逐渐崩溃,逐渐放弃他专有的权利;他变得更小,而我变得更大;他不断虚弱,最后成为一个老人,要靠我的帮助才能从一张椅子移到另一张椅子——他已无力再走太远的路。关于他,现在我能记起的最早印象,是拄一根拐杖才能走路。起初是木制手杖,那还是体现威力的一个方面——像手表上的银链,只要拇指一压,手表盖子就会弹开——后来,他越来越离不开拐杖,最后极度依赖于它。

因为对政治事件极其热衷,他收听无线电广播,读外语报纸,这让人觉得他的语言知识不无意义。找到这些报纸越来越不容易了,特别是那个时候。于是,他退而求其次,满足于阅读当局的《人道报》,一份他十分厌恶的报纸,但他总能透过虚假的评论看出事件的真相。

他一直与瑞士的一个亲戚保持着通信联系,那是生活于苏黎世的一个牧师(我从一个表兄那得知,是一个定居于比尔市的瓦匠工的后人)。他当时冷静地,也就是悲观地评估了我们的形势。幸好秘密警察没有拆阅那些通信。

他喜欢绘画。在接待客户和客人的房间门边,他悬挂了一幅伦勃朗《夜巡》的复制品。我曾经凝视这幅钉在门边的、色调幽暗的名画,这可能是我第一次研究一幅画。他最喜欢荷兰油画,包括雷斯达尔①和维米尔。静物画和风景画尤其吸引他,符合他对具体对象的热情,因为它们有序、整齐而自治。他的大办公桌总是整洁的,一尘不染,俨然一幅静物画现成的"模特儿"。总是摆放着书籍:词典和百科全书,永远占据着指定的位置,永远不会越线。有时,一张来自瑞

---

① 雅各布·凡·雷斯达尔(1628—1682),17世纪荷兰最为出名的风景画家之一,也是荷兰古典主义风景画的先驱。代表作有《林中小屋》《犹太人公墓》《麦田》等。

士的彩色明信片斜靠着它们，明信片印有乔托或弗拉·安杰利科①的作品。桌子中间，有一个小墨水池，像草地中心的小水池。旁边，有一支钢笔和一些铅笔。最后，有一只纤巧的青花瓷瓶，经常插一枝玫瑰或康乃馨，还有剪刀、开信刀、封蜡，带来邮局和遥远旅程的气息。办公室也常常作为全家人每个星期天聚会的地方，因为窗口面北（而且正对公寓），往往是半明半暗的，像一幅古老的油画。窗户下方，是祖父的扶手椅，他曾坐在那里阅读；后来，在他生命的最后几年，则只是用来打盹儿。

下午茶和一般性拜访，在小走廊的另一边，我的祖母则在厨房里忙碌。正是在这里，祖父点燃他的半支烟。有时，一个陌生人穿过走廊，那是祖父母为了满足预算需要，找的一个转租人（翻译事务所并不是一个太盈利的事业）。转租人就住在朝向院子的一个小房间里，而我的祖父母对他总是感到不满。他的行动很奇怪。他从不待很长时间。当他只穿裤子和背心出现在走廊里时，对我来说，他就是"奇怪"的化身。只穿一件汗衫走来走去，这是我做不到的。当然，我那时也不明白，转租人通常来自我们这个贫困而自负的社会阶层之外。我们是知识分子阶层（也就是，没什么钱的资产阶级），我们懂外语、读书、研究绘画。而且我们无家可归，我们来自利沃夫。尽管我的祖父勉强容忍他，但在我看来，这个转租人却似乎在这一现实里，如同回到了家里一样，他比我们更能融入周围的一切。而我们是异乡人。

我的祖父母所住的房子，离我们的住处有八分钟步行的距离。我能准确地知道，从一地走到另一地需要多长时间，因为自从我有了第一块手表，每当我独自去哪里时，都要努力创造新的步行纪录，精确

---

① 弗拉·安杰利科（1387—1455），意大利佛罗伦萨画派画家。安杰利科意为"天使"，是后人给他的美称。著名作品有《圣彼得殉教》《受胎告知》《从十字架上放下基督遗体》等。

到分秒。连接两处的街道，开始被称为切斯托科夫斯卡街，但在五十年代初改称克莱门特·哥特瓦尔德①街。尽管如此，也就是说，尽管它的名字毫不奇妙，对于我它却是天使的大道。那时，我们在祖父母的住处过圣诞夜，晚饭后我们再走回家。在一间清凉的房间里（窗口敞开着，这是天使来访过的证据），一棵圣诞树在等着我们，下面有礼物。不知道为何，我从来没有注意到我的父亲，他总是比我们提前十五分钟离开祖父母的公寓。回来的路上，我看见天使飞落其他人的家里，急切、沉默、煞费苦心，轻轻飘浮在凛冽清新的空气里。雪在我们脚下吱吱响，圣诞蜡烛在别人的家里闪烁。

　　礼物是很简单的。我的父母负担不起很大的支出。我的父亲在一所综合技术学校任教，写关于无线电的书，但他的薪水滑稽地少得可怜。他没有与祖父的办公室可比的书桌。他在一张不知道从哪里讨价还价弄来的普通书桌前工作。因为桌子太低，父亲将四只食品金属罐钉在桌子腿上，使它抬高一点（就像钉马掌）。在班上我属于最穷的学生，但我受到知识分子家庭这一幻觉的保护：我的父亲是一名教授，而且，在我们家的书架上，书挤着书。出于自爱的心理反应机制，我自然地想到我的祖先，落魄的贵族、地方教师。一九五六年十月，我的父亲以非党群众的身份，成为综合技术学校的副校长。那时我十一岁。当学校里的一个主任，一个非常顺从的人，问我觉得我父亲怎么样、他如何喜欢他的新职位等等问题时，我体会到了一丝得意。

　　我们没有钱，但我们有一个既像仆人、又像保姆的帮手，可能也不花什么钱。她是一个老年妇女，名叫克佐伽的德国人。她最终成了我们家庭的一个成员、我们最亲密的朋友。后来移居西德，但很久以后她寄来的书信仍然充满乡愁。是她，或者是她的接班人，说服我父母买了一只活鹅，在厨房临时搭建的小笼里关养了几个星期。

---

① 克莱门特·哥特瓦尔德（1896—1953），捷克斯洛伐克共产党领导人。

所有东西被分为三类：贵族的、资产阶级的、社会主义的。贵族来自利沃夫。因为被驱家庭不能带走一切，他们只能带走最有价值的东西：银（当然也包括黄金，但我的父母没有黄金），绘画，垫毯，基里姆地毯，水彩画，家庭信物，珍品书，仿古家具。我称之为"贵族的"，因为一般说来，它们附带特别的目的和情感，而不只是具有市场价值。画挂在墙上，主要作为纪念品。同样，水彩画、专业或业余水准的某个已故家族成员的肖像画，或利沃夫教堂和广场的素描，也是纪念品。在日常谈话中，我们称之为"战前的东西"。

同时，资产阶级的东西，也有另一个形容词明确指代这个意思："后德国的"（就像人们后来谈论"后现代主义"艺术）。在离开他们的家园时，德国人使用的逻辑，跟利沃夫居民离开他们的城市时一定是一样的。也就是说，他们带走"贵族的"东西——银、金、绘画、古玩、水彩画、珍稀品，留下许多实用性的东西——炉子、歌手牌缝纫机、艾丽卡牌和大陆牌打字机、手工具、自行车、廉价的银器皿。贵金属来自利沃夫，便宜东西都是"后德国的"。当然，德国人也留下了他们的房子、公寓、花园、树、鸟、云。

我知道，没有人会相信——从利沃夫带过来的东西，与当地德国人留下来的东西，的确有着不同的味道。我不知道我现在能否做到，但在那时我可以闭着眼睛，仅靠气味识别和分辨出东西来。德国的歌手牌缝纫机覆有一层闪亮的黑色薄漆，"歌手"一词的金色字母很突出，与刻有我祖母名字缩写的银长柄勺闻起来的气味完全不同。德国的诺德门德收音机，保留有顽固的德国味道，尽管是波兰的播音员在播报。

从战时军械库的垃圾堆里打捞出来的东西，又可归为一个单独的子类：手枪零件、子弹壳、生锈的刺刀、军服纽扣。我知道这些，主要是通过人们的传说，而非亲眼所见。男孩子高度重视它们。

然后，是战后波兰人民共和国的、社会主义的东西。有时候，很罕见，会冒出一些很有前途的东西，最后证明不过是些搅拌机或摩托车之类。它们一度激起短暂的热情,说明"我们已经有制造能力"、"它们是在我们这里生产的",然后,诧异地感受到怀疑,越来越多的怀疑。因为经验告诉我们,商店里只看得到丑陋的东西,而那些漂亮的东西,闪电一样消失了,再也没有出现过。

所有这些东西,彼此共存,彼此接触,呼吸各种气味,不断融合,正像是在一个无阶级的社会里一样。但是,慢慢地,一些东西上出现了锈迹;另一些东西则因为过度使用而磨损、变薄,终于令人厌恶。

与此同时,老人们继续闲逛在一个他们不理解的城市。老年女士戴着四十年前样式的帽子,脸上扑了一层厚厚的粉。在她们旁边,是什么也听不见的老男人。旧西装。领带被贪婪的蛀虫糟蹋过。

他们谈论失去的东西。失去的城市。那个城市里的小山。谈论某一天,很久很久前的某一天。娇嫩和成熟的覆盆子。谈论战争期间的德国人和俄国人:哪个更坏。谈论饥饿。西伯利亚。谈论某个偷东西的仆人,人很好、很能干,所以她获得了原谅。谈论他们已经离开的城市,世界上最可爱的城市。

他们称呼对方为工程师先生、议员先生、编辑先生、校长先生。他们只是不愿接受这个事实,他们最终来到了一个艰难、陌生、丑陋的城市。他们认为自己还在利沃夫。律师先生、医生太太,如此等等。他们无法真正移居到格利维策。冷漠,无论是否失去记忆,他们假装什么也没有改变。整个城市变成了一个戏院。市长先生,某某教授夫人。当然,我们会回去的,在短暂的清醒时刻,他们说。我们永远回不去了,少数现实主义者如是说。但是,他们不被重视。戏院开始上演疯狂的活动,闲逛,假装,使用过时的头衔。有桥牌聚会,茶会,命名日庆祝会,聚餐会和葬礼。有一所舞蹈学校,其中有个总管,鼻音很重,像一个法国人。

我们楼下的一个邻居,憎恨当局,以致从来没有离开过他的住所。有时他穿一件蓝色睡衣出现在院子里。他也来自利沃夫。他属于移民社区激进的一翼,并且拒绝接触新的世界里所有的一切。他穿睡衣走进院子,这样,就没有人会认为他离开过房子。不过是一个囚徒在监狱做一些身体的锻炼。那时我不理解他,他让我发笑;我现在想到他,想到一个人自己判自己多年的监禁,生活在那些没有被打开过的旅行箱、后德国的墙壁、半明半暗的环境中,是怎样一种苦难。他是一个老人,满怀仇恨和绝望。也许他在梦里回到了逝去的日子,那个不得不离开的地方。这也许就是为什么他总穿着睡衣。他生活在梦里,只是在梦里。他的睡衣,犹如一件潜水服;他潜入往昔,仿佛一个蛙人。

我们不认识他,他甚至拒见邻居。我们不在他的梦里,他也不想认识我们,即便在他醒着的时候。他没有和解,他像梦,孤独存在(虽然他和妻子生活在一起,妻子外出工作,负责家庭的一切,但我感觉他可能和妻子说话也不多)。我对他所知甚少。我只能想象,他的痛苦,内心独白,梦里的光。在他醒来的时候,没有希望。影子在墙上,他的窗外是隔壁的大楼,大楼的旁边是另一幢灰色的大楼。

新哥特式教堂的尖顶。城市剧院,在战争的最后几个月里,被俄国人或美国人炸成了废墟。钢铁铸造厂和煤矿。在一个不大不小的池塘,我试图用一根原始的竹竿钓鱼。在公园的一个棕榈温室里,充满非洲的湿气(那里还有金鱼,却是粉红色的,而不是黄金色)。我年老的姨奶奶把玩着从利沃夫带来的银币。装满宝贝的罐头盒子。

住宅建筑。除了新来的人,还有西里西亚和"后德国的"德国人。我对他们所知甚少,几乎从未遇见他们,如果不把克佐伽算在内。我也属于那个庞大的生活剧团的一员,其中有婴儿,也有老人,以及大量的道具和饰物——有一天出现在这个城市里,搭起了帐篷。

也有本地机场,据我所知,代管一种名为"库库茹兹尼基"的双翼旧飞机,和容易控制的白色滑翔机(很难不喜欢它们;它们沿着气流,优美地滑翔,没有噪声,不伤害任何人)。除了常见的铁路外,还有一种小轨距的火车。轨道蜿蜒至南方,到达仅二十公里远的一个地方。小型车厢，慢慢地行驶，非常慢，甚至可以从火车上伸出手触摸外面的树、电话线杆、空气、树枝。铁路沿线有一些小型火车站，其中有一间候车室，燕子在天花板上织下一个巢，谁也不许关上候车室的门，因为担心雏燕会饿死。

这种火车本身结合了截然相反的因素（迟缓与速度）。它是贯穿邻近城市的高速公路，是第三帝国文明的一个成就。在经过多年战争之后，沿线上的车厢很少，铁路通常是半闲置的。奶牛和山羊在穿越，笨重的马车在秋天的浓雾里从铁路上滚下。有时，什么也没有，除了蚂蚁来来回回在搬运。有时，只有骑自行车的人使用一下铁路（猫着腰，手扶车把，其中就包括鄙人）。

还有另外一种东西：一个新的状况。今天，它已经被彻底揭露；所有图书馆里都有关于它的书，成百上千的博士论文。一切都已经十分清楚；我们现在知道，我们是在对付它的一个变体，它有这样或那样的特征。但是，在那个时候，没有博士论文也没有专门的图书馆，没有分析报告也没有研究它的研讨会。一个人对新的状况的认识，经过以下症状：恐惧、血液流失而苍白的脸、颤抖的手、低语、沉默、冷漠、闭紧窗户、怀疑邻居、联名签字。

在五月的第一天，沿着胜利大街，举行群众游行。运动员、学生和工人，集体通过五一观礼台。漂亮姑娘，个个挥舞红围巾，向观礼台表达问候。卡车拖着巨大的木偶，那是阶级敌人的化身，特别是杜鲁门，抽着长长的雪茄，差不多半个院子那么长。我鄙视他；他代表邪恶。他的名字①已有可怕的内涵。直到今天，想到杜鲁门（我很少想到），我还不得不以历史的理性去分析，撕开他与坟墓之类物体的不祥联系。

五月一日，老一辈人，那些聪明、爱幻想的女士，连同她们失聪的伴侣，都从城市的街道上消失了。他们在家里寻求庇护；他们离开

---

① 杜鲁门的名字在波兰语里与"棺材、骨灰盒"的发音近似，故作者如此说。

舞台，让其他人登台表演。他们也许会收听伦敦的广播，无论好消息还是坏消息，至少还是真正的新闻。

实际上很难有一个热心的支持者，如果不包括那些为了养老金和相对的安全感而付出热情的政府工作人员。然而，在我们的城市，只有一个诗人，没有作家。

生与死的斗争在继续。它发生在每个地方——学校、工厂、办公室、政府机关部门。只有失忆或假装失忆的老人被排除在外。其他人都以某种方式参与其中。有时太阳强烈地照射，树叶闪闪发光，以至双方都忘了他们进行的战争已经持续数小时或数十个小时。他们动身前往森林，前往附近一个池塘，朝着田野和草地、银色白杨和褐色泥土的方向。

在一个公园里，有一个后德国的游泳池。我和祖父去过那里，他缓慢地仰泳，像死海上的一只船。游泳过后，我会躺在一张木制长凳上，凝视天空。不断变幻的纤巧云朵在移动。云朵之间，一只老鹰升起，像针头一样小，注视着我。牛蒡的大叶子冒着热气。我感到我的皮肤在变干。我的手触摸到青草；我的手掌有时被草茎缠住，它们属于植物的世界，而不属于我。甲壳虫有着硬而黑的翅膀，小蚂蚁永远在忙碌。

这个公园里面的草越长越高，有的老树已经比大街上的公寓还高。这个公园属于我，至少我这么想。没有另外的人想要它。老一辈人一直以一种傲慢的宽容，看着这个城市的花木生长。只有花园留在身后，留在东部。而我只认识这些杨树和水曲柳，而且越来越喜欢它们。我喜欢薄荷叶的味道；我喜欢松树粗糙的树干，山毛榉光滑、浅灰色的树枝——情侣们用小刀在上面雕刻名字的缩写。我没有变成大自然的情人。整个世界在吸引我。但在长者眼中，尤其在最年老者眼中，我实际上成了一个叛徒。在这个偶然遇到的城市里，流露狂喜是不恰当的。我严肃看待的东西，被认为应该报以距离、冷漠、蔑视。我爱上了那些外在的东西。树叶在春天里临风招展；在夏天炫耀着青翠欲滴的绿色、完美的构造,也正是在夏天,它们在绽放后不再增长,它们停止了;只有秋天,秋日寒冷的黄昏,一阵阵西风等待着它们;最后,它们屈辱地坠落于泥潭的边缘,践踏的鞋底,废纸篓,死亡。

利沃夫的叶子则不同。它们是永恒的,永远的绿色,永远蓬勃,永远坚不可摧,永远完美;它们如海豚的尾翼,轻捷而优雅。它们唯一的缺陷,是它们的缺席,甚至是不存在。但是,存在不是事物的一个特征。康德发现,一百块实在的泰拉①,与一百块想象的泰拉比起来,并不多出分文。

我喜欢这些:公园,游泳池,甚至完全发黑的河流——多年前就变成工业污水的下水道,散发化学物的臭气。公园旁边是一个体育场。星期天人很多,但在工作日一个人也没有。感觉不到人群的存在,不只是孤独。在这里,我第一次体会到那种奇特的感觉,给人群留出的地方却空空荡荡(今天,对我来说,走进法国任何一座古老的教堂,也会产生类似的感觉;近似,但不完全一样)。

我喜欢这里的环境,因为我不知道其他的。我对发生的一切感兴趣,因为我没有其他的经历。我出生于战争结束一个月之后。我什么都还不知道。有时,我认为,我所接触的那些老年人和中年人,在少不更事的眼里,他们是唯一屈服于时间的人,轻易变老的不幸者,他们把最不寻常的经历留在了身后。他们经历了战争,活了下来,经历了几次占领。他们中间一定有些最不相同的人:那些拯救犹太人的人,和把犹太人交给警察的人。其中肯定有叛徒、英雄、普通的小角色;绝顶聪明的商人、绝顶狡猾者、善良或残忍的人。如今,他们相遇在同一条街上,彼此非常了解,但是,他们一般不会向他人传递这些他们知道的东西。他们活了下来,凭借偶然或者奇迹,天意或者付出的可怕代价。他们每个人都有自己庸俗或动人的秘密。剩下的残存

---

① 泰拉,旧时德意志诸国的大银币。

物，不同程度地影响了其中一些人的命运。但总的来说，记忆里全部的秘密——搜捕、集中营、逃跑的现实，令人难以置信的偶然，已经分解得无影无踪了。

在他们看来，有一个人出生于战争结束后一个月，这在事实上近似于一个笑话。就像在交响音乐会结束十分钟后到达，除了抓住衣帽间被弃置一边的雨伞，什么也没有赶上。但是，没有人死在大街上（尽管可能死在监狱）；没有集中围捕，没有偷渡"绿色"边境，没有大规模驱赶，通向德国或西伯利亚的流放。从利于他们的角度看，行动的时代已经结束，想象的时代已经开始（或许，这只是利于我的角度）。

从有利于他们的角度……好像我能够知道他们那时在想什么。我应该将自己限制在看到、记得、我想记住的一切上面。在公园里，我喜欢——在我看来是——树木和灌木绝对的现实，甚至是狡猾、无情的草的现实。公园、游泳池、河流、空荡荡的体育场，构成了无人居住的社区。一群白嘴鸦在这里找到避难所，黄喙的黑鸟在这里小心地生活，一块无人能够移动的巨石停在这里，什么也不曾发生。

从某个角度说，一切都在开始发生变化。我生活在一种成长小说里。每个月我都热情地生发对于新鲜事物的兴趣，沉浸于越来越狂热的兴趣、道路、某项入门知识的捷径。我喜欢上侦察、旅游、足球；在父亲的帮助下，我拼组了一部晶体管收音机；我学会了摄影，收集矿物、邮票、明信片、地图和藏书。

我不记得自己是怎样成为一名祭台助手的。显然，与我的父母无关。他们是身体力行的天主教徒，但没有过度的热情。也许有人会说，我们巨大的野兽就生活在教堂里，在其中找到避难所，重振力量，获得了滋养、喘息和再生。

著名的 N 神父发表过一个大胆、愤怒的布道。不过，他没有像萨沃纳罗拉①那样攻击社会。"你们懒惰、毫无精神、懦弱，"他在每个星期天的讲坛上说，"你们行动迟缓、信仰不冷不热，你们每一步都背叛了基督。"一开始，我以为不会有人喜欢听他布道，但我错了。N 神父是城里最受欢迎的人。他相貌英俊，黑头发，窄脸，乌黑的眼睛，燃烧着轻蔑的灵感，似乎被结核病的发热所加强。谁都害怕去他的忏悔室。与其他神父形成了对比。其他神父在聆听忏悔时，通常平静地听着，对跪在身边的忏悔者一副亲密、慵懒的样子。N 神父却咄咄逼人地发问："你撒谎了吗？你做伪证了吗？你有不洁的念头吗？"

谁没有不洁的念头？然而，排队找他做忏悔的人最多。忏悔之后，女孩子互相诉说神父问过的问题，男孩子却在跑出教堂后，疯狂踢着躺在碎石路上的栗子。

不久，N 神父就消失了，被 O 神父取代。O 神父秃顶，面孔浮肿。在 N 神父那里，一切都是尖锐的，咄咄逼人、黑暗而愤怒。相比之下，在 O 神父那里，一切都是迂回的，柔软、纯洁、明亮而潮湿。

我成了一名祭台助手，平生第一次进入一个对大多数普通人关闭的地方：圣器室。我早早起来，跑向教堂（红砖结构的新哥特式大教堂）。圣器室微暗、寂静。高大的橱柜，靠墙的多层抽屉。房间中央，立着一个古老的橡木桌。木头的气味，混合着圣水的味道（当然，圣水不同于普通的水）。在橱柜抽屉深处，像桌布一样折叠着的，是神父的白袍和十字裰（有樟脑球气味）。这个空间真正的主人是年老的圣器管理人，对他来说，教区神父和一小群助理神父，都是可有可无的、临时性的，来来往往，更不必说祭台侍童；只有他，在此一心一意，才是永远的，日日夜夜，直到最后。

为了能够响应站在祭坛上的神父，我不得不学习拉丁文弥撒（仿佛在梵蒂冈教廷跟前）。

---

① 季罗拉莫·萨沃纳罗拉（1452—1498），佛罗伦萨宗教改革家。从 1494 年到 1498 年担任佛罗伦萨的精神和世俗领袖，以严厉的布道著称。

圣器室里的光线，犹如电影放映机投射出来的光，照射在橱柜和墙壁上，照射到被钉在十字架上基督的脚、一束枯萎的剑兰和神父闪亮的法袍上。新哥特式窗户如一个非常吝啬的光源。尘埃在走廊的阳光里缓慢地舞动。

做好一个祭坛侍童有四个基本的要素：筹划（也就是动作和手势的复杂顺序，跪和立的讲究），用拉丁语背诵神圣弥撒的礼法，掌握手动铃铛的电池开关，学习使用香炉。

神父有力地拽一下圣器室门上的铃铛，弥撒便开始了。从新哥特式教堂的深处，走出一位严肃的神父。他的脚后，跟着两个同样严肃的祭坛侍童，普通衣服外覆盖白色法衣。三个人的眼睛都紧盯地板，似乎都未注意出现在教堂里的人群（早上来的人不多，我作为一个新手参与弥撒，仅吸引了极忠实的几个人）。

但是，在圣器室里面，气氛则完全不同。祭坛侍童们笑着拉开了序幕。O神父一人一掌，试图控制现场的情况，可是他自己不久就开始笑了，分不清这些十二岁的男孩谁是谁。有人爬上一把椅子，假装教皇，发表祝福城市和世界的祝词。有一对双胞胎兄弟K，圆头圆脑，完全相同的卷发，互相不停地打斗，好像正尽力减少他俩之间的相似度。O神父交替地支持其中一个，一下这个，一下那个。还有人吹口哨，最新流行曲（"记住那个秋天……"），另外有两个男孩跳贴面舞，假装情人。有人在背诵拉丁文弥撒，却倒着背，这样一来，句子就变得没有了意义。这样疯狂的一群祭坛男童，在昏暗之中扑打，而O神父就站在他们中间。唯有教堂司事，一脸沉默和严峻，从不参与这样的狂欢。

祭坛侍童仿佛虚无主义者，对基督或犹大的信仰，或者玄学不感兴趣。他们感兴趣的，只是香炉的有效使用和铃铛的分类，无可挑剔的编排，以及走出快乐的圣器室的时候，能够装出一副严肃专注的样子。此般技能，决定了侍童在这一群体中的层级位置。他们的领袖是一个比我略大的瘦男生。也许，唯有他没有暴露出他的愤世嫉俗；他作为侍者的技巧,非常流畅——实际上,因为太娴熟,他都感到有些不好意思。

我很快告别了圣器室(实话说,我未能很好掌握四要素中的一个,操作铃声的技巧)。此后不久,O神父来我们的公寓,要求我回去。幸运的是,我的父母帮我解决了问题。我很感激他们。同时,为了符合教育小说的要求,我开启了小说的下一章。我决定成为一名童子军。小刀、指南针、口哨将取代香炉。

我不知道这两件事情有多大不同。祭坛男童只是一个中介形式,一个在人群中间和在人群面前负责操作的人,与公众发生联系,有很强大的表演性、行动性。祭坛男童并不认真思考上帝,他只面对一个神父和出现在教堂的群体。基本上,神父越是倾向于神秘主义思想,越是吸引人,祭坛男童就越是和善;消除过分的紧张是他的职责之一。后来,我遇到更多的人,他们都取得了某种世俗意义上的成功,我发现,他们在童年都曾做过祭坛男童。显然,对于成为职业中介人,这是一个良好的培训。

另一方面,童子军摇摆于两个完全不同的职业——士兵和冒险家之间。冒险家喜欢独自行动,而士兵通常与其他士兵相伴;但是,无论如何,他们都与典型的中介人出色的能力,没有共同之处。

成为祭坛侍童的一个乐趣,无疑是与人群在一起。尤其在冬天,寒冷的空气,如燃烧的气体撕扯人们的肺部。("真够冷啊,"老人们说,"真正的冬天来了。")人群也呈现出动物的样子:毛皮帽子,冒着热气的呼吸,水汪汪的眼睛,汗津津的额头,头发、胡子挂着水珠;人的外貌仿佛蓄胡须的怪物,抖落靴子上的雪,面色一会儿苍白、一会儿红润,咳嗽,打喷嚏,甚至有节律地呼吸。

我经常认为,有什么事情要发生。教堂似乎正被裂痕撑爆;无数人组成的蚁丘,忠实地消化着N神父的布道。然后,是O神父的布道。我以为有什么事情就要发生,也许,很快是一场战争或革命、起义,开始于华沙、巴黎或利沃夫的胜利大游行。教堂高声的赞美诗在回响；圣殿的墙在颤抖。然后，什么都没有发生。人群分散为更小的粒子、原子，在暴风雪中回到家里，享用一个节日的早餐，等待着绝望、无能、孤独。借助于狡猾的个体化原理，一小家子人，生活在家里，在公寓里。父亲、母亲、两个孩子（在我们家就是这样）。

人太少，不足以开始一场革命。雪覆盖街道，提前降临的黄昏，模糊的房子和树的轮廓，沉默，白嘴鸦抖落黑翅上的雪。从附近的火车站传来机车头忧郁的叹息，被低处的信号灯挡了一下，传进我们耳里。

圣诞节，一些家里会唱圣诞颂歌。另外许多家里，却只有沉默。我父亲的一个朋友，在华沙起义中失去了妻子和孩子。他是一个沉默寡言的人。在以前的战争中，通常死亡的只有男人；而在最近一次战争中，偶尔也有士兵哀悼他们妻子和孩子的死。

在我的童年，我所见到的成年人都显疲惫，他们显然只是在假装仍然相信什么。他们上教堂，祈祷，凭着惯性的力量生活；挽救他们的是战前的模式和先前的习惯；甚至包括西装的旧样式，已经多年不用的头衔和等级制度。我在心里产生过反抗（我不能确切地知道，那是什么样的反抗），但是，他们，和我一样，屈服于日复一日被冲淡的、残酷而激进的革命的压力。突然的行动、政变才是彻底而根本的，更新人类的集体，形成新的类型和形式，并且不断改变，但每一代出现新的面目，犹如在塔罗纸牌里一样：我们总是会找到骗子、环球旅行者、牛虻、酒鬼、业主、租户、勾引家、被勾引者、当铺老板、神父、艺术家等等。因此，当局认为，在动荡的社会里，在自古已然的各种类型里，存在某种邪恶、罪恶的东西，因此当局便努力只造成三种人：官员、工人和警察。

这个计划的某些方面似乎很有吸引力。比如，业主、经营者类型往往是容易反抗的。那么认为他们也许可以从地球上消失，这一想法肯定是诱人的（对于租户、读者、艺术家来说）。然而，没有人预见到，身体健康的业主，在新制度下可能应付得很好。一些业主，靠私人仓储和商店谋生，而更多人则很快让自己摇身变成官员，不久就开始下命令，私下或公开地，表现出他们乐于行使支配权。

他们想要改变人性，任意的动物性，双重性（双重性一方面源于每个人都属于某种类型，但在另一方面，又可能获得一个更高指令，达到一定程度的自由和大度——在此，所有旧的类型学突然或永久地失去了意义）。所有这一切，都发生在我的城市、我的学校、我的街道、我的生命中。虽然很长一个时期里，我都没有意识到这种处境的严重性；后来，很久以后，当我完全理解了这场斗争及其赌注的奥秘时，却不想让这种冲突完全主宰了我思考世界的方式；还有其他的方式，我确信，即使我无法准确描述我每天想说出的意思。

与此同时，我成了童子军。这些都发生在一九五六年十月。这一年，就像一首诗中的节律停顿，把我的童年分为两个独立的阶段。新体制变得更容易承受，童子军被允许握着地图和指南针，潜行于森林。我利用这些新的自由，真的潜行于森林，带着地图、指南针、芬兰童子军刀。然而，我开始懂得，我已进入另一个巨兽的掌心，而且，它不会为它的清一色产生丝毫的羞愧；相反，它一有机会就会炫耀。理想的士兵比冒险家更受尊重，冒险家只会独自行动，踏上非洲的荒野，或者写一本不受任何出版社委托的书。

接下来，我开始知道什么叫乌合之众，聚集于足球场的人群。我只是喜欢空空荡荡、沉默、没有大喊大叫和口哨声的足球场。两年后，我成了一个永远二流的无能足球队的狂热球迷。它的价值，仅仅因为它是当地的俱乐部，在欧洲体育的复杂等级里，代表了我们的城市（欧洲却从未注意到我的城市这家俱乐部）。

迎接比赛的人群充满期待和紧张，有一种面向新的未知、不可预见结局的假日式的开放状态（有一件事是肯定的：足球比赛是自由的领域，从来没有人提前知道结果）。然而，如果我们在主场输了，从库亚夫斯卡街体育馆回来的一群人，就会沮丧、懒洋洋地低着头，而如果比赛赢了，就都斗志旺盛地、愉快地昂着头。平局使人群呈现出一个嘲讽的立场，或多或少有点哲学意味；对于一些更少知识分子气质的人，平局似乎打开了一道愤怒、可笑、不祥的门，他们会预言说，星期天不值得再去体育场了。当然，两周之后，这同一群痛苦而愤世嫉俗的球迷，仍然会出现在下一场比赛的现场，再次等待奇迹，也就是赢球。

在每个"足球周日"后的星期一，我都会兴奋地打开还散发着油墨气味的本地报纸，阅读对各场重要比赛的评论和综述，其中也会简要提到我亲眼看过的二流联赛。

我不读报纸其余的专栏。第一版通常是众多领导人的头像，连同大字标题，如"北约新的侵略计划""农业生产持续发展"。第二版和第三版的大字标题通常小一些。这里，有人会谈到"霍茹夫冷冻食品短缺""应持续改建卡托维兹的学校"。①

最后一版很漂亮。星期一总是这个或那个守门员优雅的照片，一手托球、飞身于空中的瞬间。守门员在空中华丽地飞翔；他可以俯瞰陆地和海洋、城市和风景。他常常身穿黑色衣服，戴手套，顶住地心的引力，肩膀伸向足球，手掌辐射中世纪僧侣虔诚的热情。他跃起，飘浮，轻轻升起，保持悬停在足球场之上的姿势（在绿草坪上飞行，评论员会说），水平地暂停在绿茵场上，比智人②还敏捷，仿佛来自另一个世界。

摄影记者肯定意识到了这些照片镜头不可抗拒的魔力，因为在更受欢迎的比赛中（当然，不是我的令人绝望的小球队），记者们拥挤在双方的门柱后，就是在等待着那紧张的鱼跃时刻——跳跃的守门员

---

① 霍茹夫是波兰南部城市，上西里西亚最大工业中心之一，以采煤、炼焦和钢铁工业为主。卡托维兹是波兰西里西亚的行政首府，重工业、交通运输和科学文化中心。

② 智人是生物学分类里人属中的一个"种"，其生存年代大约距今二三十万年到5万年前，相当于考古学上的旧石器时代中期。早期智人又称"人属尼安德特种"，这个时期的人类与现代人更为接近，但仍带有许多原始性质。

（他的焦躁不安，让人联想到神经科门诊的病人）纵身飞向足球那一刻，仿佛悬浮在地球上。闪光灯"砰"的一声，快门闪动。于是，守门员的照片，犹如离开地球引力的宇航员，便可出现在星期一的报纸上。

这是令人震惊的。比赛持续九十分钟，充满难以置信的偶然、事件、动作、呼喊和手势，都在报纸最后一版，由一张不太真实的照片代表。这项运动，代表了静止、瞬间的紧张、沉默后的喧嚣。

应该怎样呈现现实？我也开始学习摄影术。我有一部便宜的"好友"牌相机，一部放大机，感光纸（完成显影，这是不可缺少的），整个过程始于按下快门的那一刻，结束于干燥、闪亮的洗印纸。

我拍摄过盛开的樱花树、日落、人头攒动的天桥、乡村的木质教堂、波罗的海的海岸（在暑假期间）、渔网、围栏、灯塔顶上的积雪和影子、伴随所有物体的忠实而生动的阴影。借助一个相当原始的计时装置，我还拍摄过自己的肖像。拍出的效果，总是看起来有点吃惊、准备不足、愁眉苦脸的样子。我没有拍我的家人，老一代人的代表。也许，我觉得不能拍他们的照片，因为他们属于一个无形、仅存于记忆里的城市。冬天，他们裹在围巾、羊毛或毛皮帽子里；夏天则被回忆覆盖。

我对拍摄物体比对人表现出更多的感觉。我被钢铁结构吸引，十九世纪桥梁的铁艺栏杆、无数小城市的哥特式建筑屋顶、起伏的阳台和窗户，七月太阳炙烤下的扶梯和楼梯。我是一个后期结构主义者，一个二十年代摄影潮流的无意识模仿者。我一直欣赏那些物体和它们的节奏，好像不知道，即使物体也是疲劳的、冷漠和悲伤的；物体也躲过了那场战争、被派定的死亡，丧失了它们的地位和体面。

我喜欢照片纹理的质感。我拍摄的人和物，表面并不由密集、固体的区域组成；它们由点、颗粒构成，它们是不真实的、雾蒙蒙的；它们证明了世界的脆弱性。在黑色的点之间，物体被编织出来，边沿反射着白线条似的光。

每个人都好像在等待什么。有什么事应该发生。教理教义问答课后没有人想要回家。放学回家也被推迟。我和一群朋友在街头漫步。有时我们跳上一辆电车，到达格利维策的另一头，但我们会很快回来，因为没有什么能吸引我们的注意——城市另一头与我们所在的地方，看起来没有什么不同。我仍然相信，有一个人知道一切，他理解，他懂得事情的意义、战争与和平、恐怖和无忧。我梦想遇见我的精神导师。

与此同时，我的多数老师却在说谎——不是那种厚颜无耻、傲慢的骗子，恰恰相反，他们撒谎，仿佛有些犹疑不定。他们让我们知道他们不得不撒谎，试图以此告诫我们不要当真。大学也是这样，差不多同样地含有歉意的谎言。

有什么事要发生。天空仿佛一个投射预言的屏幕。乌云带来悲伤，明亮的云彩承诺一点快乐。一次教理教义问答课后，我们站在教区的房子旁边，男生望着少女们，少女们假装没有注意。我们在那儿站了很久，好像无限久。没有人看一下手表。夜幕降临；蝙蝠突然飞出树林；路灯亮了；大飞蛾在空中紧张地旋转；一轮红月亮升上天空。我们压低声音说话。没有人知道自己的命运；微笑，沉默，好像命运就在那里。一个伙伴要死了，一名学生正在攀登多洛米蒂山①的途中。其他人继续活。

我们被历史联结在一起，被命运分开。我们谈论过什么，我已不记得了。夜晚漫长。夕阳有着丰富的色调，以浅灰开始，然后是暗淡、浓雾、光芒褪尽、一片墨黑。世界失明，暴躁的夜晚来临。远处，狗在吠。黑暗中，这个中等规模的城市犹如一个村庄。我们不停地说着话，并不急于到达什么地方。除了可能性和必然性，未来透露给我们的不多。我们不安，充满渴望。这不同寻常的夜晚，像一个透镜，我们从中看见一些遥远事件的影子，我们将要认识、热爱、失去

---

① 位于意大利东北部，因法国地质学家迪尼多内·多洛米厄而得名。

和复得之人的模糊轮廓。

　　P神父从窗口望着我们,开着玩笑敦促我们回家。我们不想去什么地方,我们没有家。我们是同龄人;我们的命运彼此接近,然后彼此分叉。我们应该回家,但我们一直在延迟。我们曾经在一起吗?夜幕降临了,这是五月。什么也没有发生。一架飞机从头顶飞过,摇晃着绿色和红色的灯光。最后一班公共汽车驶过。这个城市睡着了。

　　我体验到某种全新的东西:一个人可以与他人同在,在团体中间,在一群人中间,却仍然只是自己。一个人能敏锐、动心地感受到他人的存在,同时不失去自我,或作为个体和普通人的特性。

　　不过,我有一个感觉,这类友好的亲密时刻不会经常发生,一个人无法用意志左右它们。它们只是偶尔发生,这就是一个人能说的全部。

　　那时我十五岁。夜晚是漫长的,在某种程度上,夜晚似乎从来没有结束;甚至现在,当我写下这些时,它仍在继续。它持续,如一个括号,由作者打开,但从未合上,无论出于疏忽还是故意对抗。在夜晚的窸窣声里,在阴影和入睡前的鸟鸣声里,存在各种各样的预示。我没有去想具体的命运("这是一次旅行,在你的未来有一个黑发的女子"),我只是想到,窗帘升起,新的地平线显现。

　　那时候,我们一定感觉到了同样的东西。我们都曾在树下久久伫立,并不匆忙走向哪里。

　　我们主动脱离父母,也只是片刻,因为我们仍会一次次回到他们那里。我们只是停留,在高大的烟囱下,在夜里,在沉默里。

　　学校是另一回事。我们学校,它让人想起军营,在这里什么事也不会发生。清洁工提着或在石质地板上笨拙地拖着沉重的水桶,一层一层擦洗楼梯、长椅和窗户。学校的院子里,有两棵高大的栗子树。其中一棵树下,堆着准备过冬的焦炭。课间铃声一响,大群学生便冲出教室,疯狂地涌进院子。

　　他们也研究历史,研究它的反复无常。历史老师的外号叫奥古斯都。他个子很矮,秃顶,戴一副眼镜。他对罗马帝国后期的皇帝,的确怀有一种摇摆不定的情感。他有时平静而镇定,并能满怀热情地解释工业革命对于十九世纪欧洲的影响。另一些时候,他变得完全不可理解,歇斯底里,谁注意力稍不集中,就会被赶到走廊上去。他养了自己的宠物狗,他居然派它到镇子上去买东西。毫无禁忌,他递给它一些钱购买咖啡、葡萄干、糖,甚或伏特加。然后,它带回那些小东西。

他最喜欢讲的题目是第一次世界大战。就像是他亲自宣布并赢得了那场大战。他会站在一幅粉红色的欧洲地图面前,大声说:"这是一个分裂的世界新的分界线。你们听清楚了没有?一个分裂的世界新的分界线!"拳头砸在粉红色欧洲地图上,地图在他的打击下后退,莱茵河和多瑙河暂时轻轻地晃动,喀尔巴阡山被一次地震震动,新的喷泉从冰岛喷出。

教波兰文学的是 M 教授。他个子很高。不知道为什么,他的裤子像是为一个更高个子的人裁剪的,腰带总是抵及他的胸口。这有损他的尊严。但尊严是他最不缺少的东西,他很少笑,如果他笑,肯定是在嘲笑我们,也就是他的学生。他看不起我们,他努力要让我们不断知道这一点。他最喜欢的作家是玛丽亚·东布罗夫斯卡[1]和斯特凡·热罗姆斯基[2]。他喜欢谈到合作的传统,喜欢讲那些仍健在的哲学家。他最推崇塔德乌什·科塔宾斯基[3]。他谈论他的智力英雄,同时,他让我们知道,这些东西对于我们是太难理解了。他说话时,似乎半张着嘴,总像哪里不舒服,高傲、心不在焉、居高临下。

---

[1] 玛丽亚·东布罗夫斯卡(1889—1965),波兰女作家。代表作有《黑夜与白昼》《晨星》《乡村婚礼》等。她是一位受到波兰人民尊重的作家,死后受到国葬的礼遇。

[2] 斯特凡·热罗姆斯基(1864—1925),波兰小说家、诗人。他被誉为波兰的良心。曾因参加反对沙俄统治的秘密活动而被捕。主要作品有长篇小说《无家可归的人》《灰烬》《忠实的大河》《与魔鬼斗争三部曲》《罪恶史》等。

[3] 塔德乌什·科塔宾斯基(1886—1981),波兰分析哲学家。

热罗姆斯基和东布罗夫斯卡是他的"建筑"作家,他们描述了波兰社会的大家庭。M教授不接受、不理解、拒绝像布鲁诺·舒尔茨和维尔托德·贡布罗维奇一类的作家。他让人觉得,一切事物,对于他来说,如果不是集体的,至少应该是被社会共享的。尽管如此,对于《黑夜与白昼》描写的、发生于卡林涅茨的大火,他体现出来的热情是可疑的,就像那贪婪的火焰唤醒了他内心某种压抑的、黑暗的、全然非集体的激情。

他是一个怨愤的人,很像一个漫画人物。同时,对我来说,他是第一个这样的人——以某种分裂、褊狭的方式——代表了一种集体的、公民的精神气质,它几乎是整个知识分子阶层存在的目的。慢慢地,我开始懂得公民世界的魅力。谈话,持续到夜里的谈话。关于共同体,关于亲密关系,关于我们所拥有的某个难以逃避的东西(也就是,一个近乎传奇的国度波兰)的敏锐意识。很长一个时间里,我所认为的公民世界的一个特点,就是一种难以形容的无力感。在六十年代和七十年代早期,无能为力之感似乎是明摆着的,它是悲剧性的,几乎是被享受着的。但是我错了,因为在七十年代后期,这一点发生了变化,对于行动的有效性有了越来越多的尊重。

那时常常会有夜间集会,它们还有一个特点,就是那个未被表达的信念,即我们是无辜的,我们是无辜的而且受到了污蔑。后者是真的,前者却不是。然而,从心理学的角度来看,"受到污蔑"几乎也是一个不可能的情感状态。

这种哲学,一个更重要的要素,我是从愁眉苦脸的M教授那里知道的,他在课堂上有一个论点:一切都是社会性的、共同的和集体的。

我不知道如何明确表达我的反对,我缺乏供我使用的合适的论据;但我的确感觉到了,并非一切都属于每一个人。我们是不同的,而且我们也能体验到社会群体永远不会知道的东西。

M教授对我们宣布,下周二会有一个年轻诗人的朗诵会,因此最后一节课取消。我们很高兴，虽然我们对诗人不抱太多的期望。有诗人参加的这类朗诵会，偶尔会在我们学校里举行，但是，活动的明星往往是当地那些有写作癖的人，他们通常喜欢一本正经地谈论自己的写作。

但是，这次来我们学校的是兹比格涅夫·赫贝特。M教授添枝加叶地进行了一番介绍。他说，有两个赫贝特——一个生活在波兹南，另一个来到了我们学校——虽然我们不能完全确定，但因为在现代诗里，一切都是可能的。但是，赫贝特根本无须M教授的推介。他朗读了《花园里的野蛮人》里的一些选段和诗歌。他将我们像成年人一样对待，太抬举我们啦。

他是我见过的第一个真正的诗人。他读诗，还有别的，包括非比寻常而又极其简单的《生物教师》一诗。我能理解，至少模糊地感到，社会问题可以与非社会性的问题联系着。我们可以谈论公共性问题，以一种超越这一范畴限定的方式。

我往返于家庭和学校之间。然而，老一辈人离开房子越来越少。我还没有提到维西雅奶奶，她是我祖母的妹妹。维西雅奶奶是个很有个性的人。她的特点是"不"。她不信任乞丐。她不能忍受牛奶里有凝乳。她讨厌猫：认为它们是不真实的（什么意思?），而且在晚上会袭击人。战前她在利沃夫的银行或保险公司工作；战后就退休了。她从未结过婚。她和姐姐、姐夫生活在一起。她喜欢扮演贵族，古老社会制度的代表。她的嗓音微弱，略显嘶哑，但她似乎颇以此为傲，因为它十分符合她在家庭喜剧中扮演的角色。当她想要讨论一个她认为不适合孩子听到的话题时，她就讲法语，那么她的声音就更微弱而嘶哑了。

她简直就是脆弱的化身。瘦弱，没有动手能力，做什么、怎么做都不知道，除了她的法语知识。她好像不喜欢孩子，但我们——这些孩子喜欢她，因为她与其他成年人不同。从孩子的角度看，她好像很有个性。事实上，她的个性并不强；她只是行为怪异。她可能很少读书。她将自己反锁在房间（不知何故，她总有自己的房间，即使在格利维策，大家住得都很简单）。而且我认为，在这里，她乐此不疲的——就是检视那些少女时期的宝贝，当然，都是从利沃夫带过来的。其中，有带图案的扇子、镶嵌珠母的女式折叠刀、来自卡尔斯巴德和阿巴泽亚①的明信片、银质奶油壶、彩色香烟、薄荷糖盒、半个世纪前就已停摆的怀表、雕花玻璃瓶子里过期的香水、不再使用的细金属铅笔、旧记事簿、优雅的指甲剪、第一次世界大战前的老日历。她将自己反锁在房间里，在忧郁的旧物的簇拥下，吸着过滤嘴薄荷烟。

她可能站在一个——至少在我看来——漂亮的大理石洗脸台前，看着镜子，总是搽粉红色的粉。房间也散发着脂粉的气味，与各种金属和物质一起，形成种种特殊的化学键。

在我们家，除了儿童，没有人将她当真。她从不表达任何政治观点。她肯定厌恶当权者，就像厌恶猫和牛奶里的凝乳；但她通常不懂政治方面发生的事情，不清楚在那十年里，是谁每天在折磨着我。这绝不是任何硬化症的后果，只不过反映了她身上一种少女式的无忧无虑——这贯穿了她整整一生。她不读报纸。周日晚上我们吃饭，全家人通常都是要出席的，照例要对大家不喜欢的当局毫无恶意地评议一番，维西雅奶奶只会扔下一句法语："一群乌合之众，他们真是无可救药。"然后，哼一段曲子，那是五十年前流行、早被遗忘的而她最喜欢的歌。她喜欢提及年轻时参加过的舞会，有一次，著名将军约瑟夫·哈勒②的兄弟曾经请她跳舞。

她最喜欢的一首诗，是关于达戈贝尔国王③的作品，说他"把裤

---

① 卡尔斯巴德是坐落于美国南加州圣地亚哥沿太平洋的度假城市。阿巴泽亚是克罗地亚西北部的度假城市。

② 约瑟夫·哈勒（1873—1960），波兰将军。一个富于传奇色彩的人物，曾为波兰军团的最高指挥官。

③ 法国国王。603年至639年在位，有"善良国王"之称，并有许多关于他的儿歌流传。

子穿反了"。她为我们这些孩子背诵这首诗,很显然,重复这首诗能给她带来巨大的快乐。

她身上也有一种枯燥乏味的东西,像她一直使用的粉红色粉饼,对于她的本质而言,那不是本然的。她付出很少,获得也少。如果我们把命名日的礼物带给她,她会不满地、轻蔑地哼一声:"这是干什么?"她差不多会显得怒气冲冲,但她是真诚的。她并没有真的生气;玩弄心计不是她的风格。对于她,保存下来的、每天都在摆弄的那些宝贝,就像一个大孩子,已经足够了。

她给我们礼物,给我们这些孩子;她大胆地把我们拉进神秘的宝藏储藏室。她有大量战前的铜币,擦拭一新,串并在一起,放在一个真正的银行——她的抽屉里。她将它们分类,并将这些铜币分期付给五个孙子、孙女,好像在给我们支付小小的津贴。有时她会增加几个银币,两个或五个第二共和国①时期的兹罗提,硬币上有浪漫的帆船、雄鹰——头顶优美小王冠,如优雅的小帽子。

也许,她把自己的一生看作一系列不断的降格。她不曾结婚,这在她那一代人看来无异于一场灾难。她在银行或保险公司只有一个平凡的职位。此外,一场可怕的战争爆发了,她不得不离开自己的城市。她仿佛来自另一个世界的生命。她带着轻微的傲慢看待我们所有人(于是,他人也那样看待她),也许她愿意回到她在利沃夫的公寓,她最乐意的可能是舞会。对这个城市、对这个家、对自己的年龄,她都感到不快。她比其他人更没有地位,尽管她的疏离感是出于白日梦多于现实的原因。虽然她从不抱怨——也许她从未有过抱怨的念头。在她单调、简便的行事方式里,她不无骄傲。她有自己辛辣的

---

① 史称"波兰第二共和国",是1918年波兰恢复独立后的国家。1918年11月7日,波兰共和国在卢布林宣告成立独立的临时人民政府。它是由波兰社会民主党、农民党,以及毕苏茨基的"波兰军事组织"的代表组成的左翼联合政府。1939年9月1日,纳粹德国军队入侵波兰,波兰政府流亡伦敦。

幽默感，至少让她发笑，尽管他人完全不会被她的笑话逗乐。她假装是一只奇怪的鸟，当然她是奇怪的，只除了这一标签不是太恰当。她命运的离奇，源于某种比其他事情更不可理解的神秘性、陌生感（在现实中，她也是另一种意义上的客人）。她对于自己，一定也是陌生的；认识她几十年，我知道她一点儿都没有改变。她满脑子想的，只有舞会、女人的折叠刀、不再使用的银铅笔。

因为她从未结婚，从未经历分娩，或流产，或夫妻吵架，从未养大过孩子，也未因他们长大、成家而失去他们，在一个奇怪的意义上，她不曾充分使用自己，仿佛一直沉浸在青春的幻觉里，而在每个接下来的日子里，只想去实现那个幻觉。她头脑简单（她的想法是简单的）。也许有过一点快乐？一个永远的少女，至死都在家庭的保护之下。

她很老、很老才开始丧失记忆，直到最后完全丧失。当然，即使在那个时候，精神上她也在走向利沃夫。她从不离家，每天在扶手椅上度过很长时间，从不说一个字；除了客人到来，偶尔说一句。她再也不能记得，不能用她嘶哑、干涩、断裂的声音，背诵卡齐米日·泰特玛耶①的诗：

　　当你成为我心爱的妻子，
　　当你与我结婚之后，
　　一座花园为我们打开，
　　耀眼的花园，黎明的天光。

　　盛开的果园芬芳弥漫，
　　葡萄带来甜美的气味，

---

① 卡齐米日·泰特玛耶（1865—1940），波兰诗人、小说家、剧作家。"青年波兰运动"的代表人物。

可爱的玫瑰、金银花
在你的发丝间洒落亲吻。

我们沉默，心事重重，
在金色的雾和光里。
我们将在街道漫步，
在绿树之间，安静而孤独。

树枝蜿蜒在我们的路上，
水仙花爬上银色的棚架。
菩提树白色的花朵，
飘落在我们恩爱的头顶。

  客人们——我也是其中一个——会中断谈话，略带尴尬地等她背诵完毕，然后回复他们的思路。但是，维西雅奶奶在几分钟之内不会停止，像一个音乐盒，开始重复背诵同一首作品；在我看来，她最喜欢的一行是"菩提树白色的花朵/飘落在我们恩爱的头顶"。当然，她的头发，绝对是灰白的，而且灰白很长时间了。她的头发白了，而不是菩提树的花朵。我认为，她的整个灵魂躲在泰特玛耶的诗里——不，有甚于此：她已成为这首诗，她住在这四节诗里，它们就像她的四个房间。

  她于一九八〇年去世，享年九十九岁，比她的同龄人活得长，活过了两次世界大战，她所有的白日梦。

  我的祖父早十年去世，享年九十岁。他们都是那个时代的受害者。纳粹主义像一只蓬乱的怪物，离开它钟表店似的洞穴，在傍晚出来寻觅步履蹒跚的行人。

  我的众多爱好之一是骑自行车。我跳上自行车，根据天气情况（三月或四月的早春天气，总是反复无常），选择在环绕城市的沥青路上加速而去。我确实是加速驶向街道。我不知道怎样慢骑,所以我总是急匆匆地,用尽所有力气。只是在骑到一个斜坡时才休息一下,不用踏板,而是借着引力行驶。那时,我看看田野和森林。路边的樱桃或胡桃树一闪而过。远处,是一块块绿油油的冬麦;更远处,是平静而雄伟的山峦。在它们之外,只有地平线;地平线也不固定,随着我和我的自行车,下降或上升,扩大或缩小。

有时,我也会停下来,在一座不大不小的山顶,喘一口气,四周的风景也静止下来。地平线在确定、持续的风中延伸,间或被远处森林的冷杉树遮蔽。村子里矗立着一些松木结构的小教堂。仓皇失措的小鸡疯狂逃跑,从我的捷克自行车前轮边四散而去。房屋和百叶窗通常是关闭的,但是,隔一段时间,从窗户的镜子背后,我会看见一个衰弱的老妇梳理头发的侧影。

我骑着自行车,越过现实,越过干道和小巷。当我回到城市,现实还是在那里等着我。夏天。混乱。无数的公寓、窗户、窗台上的鲜花盆景。房顶,鸽子厌倦了炎热,斑鸠抱怨着生活的俗套。一个男人赤裸上身,只穿一条红色吊裤带,站在窗口剃胡须。另有一个人在拍打一面地毯,公寓的墙壁弹出有力的回声。

在苍白的天空下,纷乱的暴风云聚集,与背景几乎无法区分。我们的邻居潘尼·玛仲斯基拄着手杖伫立、歇息,看着红色消防车从烈火现场归来。黑色的河流依然冷漠地穿过城市。菩提树盛开。一个民兵抬起头,一架小型飞机正被一团紫云吞噬。一场风暴在临近。一个醉鬼在长椅上入睡。一只黑色的大猫在院子里沉睡。也许,在睡梦中,他们会在一座山脚的河边相遇。混乱。酷热。幸运的是,有历史和两只大兽的战斗,在给懈怠的现实下达命令。

然而,正是在世界的这一角落,没有什么制度、秩序的原则,没有教科书激起我强烈的欲望。这可能发生于一天里不同的时刻,通常是在晚上,红色夕阳藏进普鲁士建筑的砖墙和虚幻的影子背后,贪婪地落到屋顶和人行道的石板、阳台和花园里。欲望完全征服了我,进入了我的皮肤,仿佛一个影子、一个黄昏的使者,尾随着我。我渴望什么?一切。这是爱和性、哲学和诗歌、政治和玄学带来的欲望。没有什么能满足这巨大的欲望。唯一的安慰是,它似乎吃惊于自身的强烈,把自己喝醉,然后渐渐离开、消隐、消失,并低声警告着,它还会回来。

在我看来,真实的东西,必须是一切习俗和定式的反面。它必须像清晨一样新鲜,像水曲柳的叶子一样茂密。这就是为什么,在某些方面,新制度表现得也常常颇有吸引力。

我没有干出任何真正可怕的事情。我的反叛是有分寸的,孩子气的,但又通常不顾上一辈人的严苛。我只是不顺从——我的反叛归结起来,是我尝试相信新信仰的某些东西,这就有点过分。我吓着了我的家人,以及所有仍然健在的上几代人。另一方面,作为家族成员,他们讥讽地看着我,为我担心。为防万一,当他们开始讨论一天的政治新闻时,他们故意压低了嗓音。

当时许多事情,很久以后我才开始懂得:作为一个人,作为一个有个性的人,我既软弱又坚强。我的力量趋向于脆弱;它可能背叛我。我似乎容易屈从于外部的压力、顺从的习惯、一时的情绪、他人的热情、我自己的不确定性;而且,真的,我总是要在经过一段时间后,才能摆脱坏的影响。然而,我确信,我不属于杰出的反抗者行列,不具有那些自大的、支配他人的性格。也许我足够坚强,但我的力量也带有弱点、怀疑,我不喜欢快速的决断。我属于容易出错的人。

因此,对于成长、对于成熟,我有一个恰当的态度。那些天生独立、富有主见的人肯定会鄙视发展、时间、成熟的因素,因为他们在任何时候,无论面对怎样的挑战,都已做好准备,能够以最完美的姿态向世界展示自己。时间对于他们来说,只不过是照相机的快门一闪,瞬间显示他们不变的实质。对于我来说,时间——成熟的时间,弥补错误,抵达对事物清晰的理解——是至关重要的、不可缺少的。

成熟——在我这里——从不意味着终极和完成。我随时准备犯下一个新的错误，然后我会努力理解、改正。尝试到底。

谈论这种事情是危险的。谈论一个人自己的缺点，是一项高风险的文学冒险。因为为了自己，我们也许是在盘剥利用它，借这个或那个弱点，自吹自擂。帕斯卡尔对此有清醒的认识："虚荣心如此深刻地植根于人类的心……"也许，引用这句话的我也是——还有我亲爱的读者……

还有那些满怀愠怒，在传记材料里寻找相似的蛛丝马迹的人……

我收集过邮票吗？是的，我收集邮票。我参加集邮者俱乐部的会议。在那里，桌子边坐着一些吸烟的、满脸皱纹的老男人，他们与我们这些未成年的集邮爱好者洽谈，毫不客气地欺骗我们。玛仲斯基先生给过我一套完整的邮册，其中大部分邮票来自战前。邮票上印着刚果放牧的斑马和长颈鹿。来自东德的邮票让人想起工具制造厂的微型广告：几乎全是罗盘、齿轮、内燃机汽缸。瑞士的邮票则鲜花盛开。然而，这似乎都是无意的，因为每一朵花上面都印着"瑞士文化基金会"字样。我对英国邮票没有兴趣，因为它们唯一的装饰就是女王的侧像，大理石一般，注视着信封表面。一些小王国，尤其是摩纳哥，邮票生产商最是认真。奥运邮票系列发行于墨尔本奥运会举办期间，一直铭刻在我的记忆里。

有人会问：冬天怎么样？在夏季，炎热导致混乱，但是，在冬天发生了什么？

在冬天，冰层覆盖的铺路石上，拉煤的马车危险地滑倒，我则同情而绝望地看着它们。因为我知道，折断腿的马，肯定会死。

我热衷于爵士乐。起初，是新奥尔良爵士乐，摇摆、慵懒的简单节奏。这种原始的爵士乐，具有一种纯粹的解放的力量：就像一个消防员的乐队，突然受到神灵的启示（如同圣灵降临）。然后，我开始喜欢现代爵士乐。这发生在六十年代早期，比起"博普爵士"和"酷爵士"的盛行，也不是那么遥远的事，如果考虑到在铁幕后的国家，时间往往是滞后的。

我被爵士乐的即兴创作原则吸引。我最初的灵感，那么强烈，与查理·帕克、迪兹·吉莱斯皮，甚至与约翰·柯川盛行的抒情性非常一致。① 其中，有些即兴创作了不起的创新套路。它们一扫这个传统社会的无灵魂和琐碎，或者是我这么认为，有如此感觉。毕竟，波兰文学，跟即兴创作关系密切。伟大的即兴创作，难道不是《先人祭》第三幕核心的部分吗？亚当·密茨凯维支难道不是一个杰出的即兴诗人？

午夜，我把收音机调到美国之音，正在播放约翰·科诺菲尔的爵士乐节目。除了周末，都是如此，如果我没有记错的话。可惜的是，收音机的电源必须接到隔壁插座上，那是我妹妹的房间。她通常几分钟后就关闭电源，原因很简单，正如她对哲学没有感觉，对即兴创作也无兴趣——她要睡觉。

原装的西方爵士乐唱片非常昂贵。在我眼里，难以想象的昂贵。像那样一张唱片，售价三百兹罗提，等于我半年的预算。然而，我有维西雅奶奶送给我的第二共和国时期的不少银币。我的表现，就像犹大，犹大的平方。我卖掉银币，那些战前波兰铸造、上有帆船和鹰冠的硬币。

由于这笔交易，我终于可以买两张原装唱片，一张查理·帕克的爵士乐，另一张是戴夫·布鲁贝克②的四重奏（后者也是透明塑料装）。对我来说，爵士乐是对自发性，甚至是对自由的颂歌。而我碰巧生活的这个城市，充满各种陈规陋习，必须忍受习俗的力量。我很

---

① 查理·帕克（1920—1955），美国爵士乐手，绰号"大鸟"。他对整个爵士乐发展产生过决定性影响。迪兹·吉莱斯皮（1917—1993），美国爵士小号演奏家。约翰·柯川（1926—1967），美国爵士萨克斯风表演者和作曲家。

② 戴夫·布鲁贝克（1920—2012），美国钢琴家、作曲家。

反感,我在爵士乐的萨克斯管乐手那里(他们通常不再是生活在美国的黑人)寻找支持。

我迟早会懂得,这些唱片本身存在的悖论;最重要的悖论是:爵士乐即兴创作的特点和唱片的永恒存在之间的悖论。在查理·帕克活泼的即兴创作里,什么也没有变(如同今天人们仍然叫他"大鸟")。它总是不变的那一个。即使一个月、一年,或者一百、两百年后听,也是一样的。我终于学会这些即兴作品,因此,它们也不再是即兴作品了。

耗资不菲购买来的唱片,终于使我感到了厌倦。补偿的微妙规律这时生效了:海顿的奏鸣曲,本来创作于几个世纪之前,却仍然给钢琴家提供了很大解释的自由。帕克的即兴创作,发行唱片相对较晚,却不允许有一丝偏差。

我开始更多地聆听古典音乐。斯特拉文斯基《彼得鲁什卡》疯狂的能量,堪比优秀的爵士乐强烈的情感(我还不熟悉古斯塔夫·马勒[①]第五交响曲及其惊人的第一乐章葬礼进行曲)。我还不懂什么是音乐,不懂它隐藏的空间,它与历史的世界是什么关系。后来,我确信,没有人知道这一点,没有一个人。

我读了很多书。有一天,我不记得具体日期,甚至忘了当时读的是什么书,忘了是布鲁诺·舒尔茨,还是马塞尔·普鲁斯特——我有了一个改变一切的发现。我发现(请不要笑),存在一个由伟大作家所描述的精神世界。我发现,除了琐碎、经验的现实,还存在一个想象力的领域,从根本上说,那同样是一个可触、可见、芳香的世界,而且更为丰富,因为存在无数精灵和阴影。我不懂得这两个领域是互相

[①] 古斯塔夫·马勒(1860—1911),奥地利作曲家、指挥家。代表作有交响乐《巨人》《复活》《大地之歌》等。《升 c 小调第五交响曲》作于 1902 年,1904 年在科隆首演时马勒亲自指挥。它包括三大部分:(1)葬礼进行曲;(2)激动的暴风雨般的快板、谐谑曲、小快板;(3)诙谐、清新的快板。

结合在一起的，我不懂它们是如何结合的，但我确信它们的同一性、清晰性与三位一体的本体论地位。它们同样神秘而真实。

我为这个发现感到震惊。我成了一个"新信徒"。我开始将人分成"知道者"和"不知道者"。我相信，只有少数人属于挑选出来的"知道者"。在我的城市，绝大多数居民——因为这是我遇到的唯一人群——似乎被抛入了黑暗里，最深刻的无知中。对于他们，一辆自行车、一个柳条筐、一束墙上的光、一张橡木桌，都是不值得认真描绘的，就像人生，不过是装配在出生和死亡两个年份之间，如一枚鸡蛋装在一个杯子里。他们没有意识到，人的生活、物体和树木，都具有神秘的意义，就像楔形文字能够破译。有一种意义，隐藏于日复一日里，但是，在注意力最集中的时候，那是可以理解的，在我们的意识爱着这个世界的时刻。抓住这艰难的意义，才能体验到它独特的快乐；失去它，将会导致忧郁。

在交谈中，我问过我的伙伴，看他们是否知道。我问他们一些看似天真的问题。我问，你怎么看待斯万的爱情①？夫人，你生活在德罗戈贝奇，你认为舒尔茨的描写与此地的气氛相符吗？（这是一个狡黠的问题，因为舒尔茨描写的德罗戈贝奇与那个真实的城市无关）你觉得贡布罗维奇怎么样？你喜欢博莱斯瓦夫·莱希米安②的诗吗？喜欢？为什么不喜欢？

测试往往超出了我提问的能力。他们的回答漫不经心、肤浅；他们自我原谅，说他们很忙、很累；他们抱怨说普鲁斯特过于精细，贡布罗维奇则太怪异，舒尔茨从不讲故事。

几乎每个人都不及格。我略带轻视地看着他们。他们不知道。他

---

① 法国小说家马塞尔·普鲁斯特的代表作《追忆似水年华》的第一部题为《在斯万家那边》，《斯万的爱情》是其中一章。
② 博莱斯瓦夫·莱希米安（1877—1937），波兰诗人、艺术家。波兰文学院成员。波兰20世纪最有影响的诗人之一。

们生活在一个逼仄、可怕的现实里,在办公室和家庭、有轨电车和餐厅、婚礼和葬礼之间。甚至在我的同伴里,也找不到两人,能够与我讨论苏丁的绘画,讨论十二音技法的审美陷阱。

作为一个"新信徒",我一定犯过不少错误。我没有意识到,绝大多数积极的人,不是通过知识,而是通过自身的生活,富于光彩的、物质的生活,寻求着一个深刻意义的领域。所以,指责他们无知是非常愚蠢和荒谬的。我不应怀疑、质问和拷问他们,而应更温和地注视他们,更理性地理解他们。

我怀疑,在许多交谈者眼里,我也许是一个令人不快的、自负的自命不凡者。而我还以为自己是一个考官,小心谨慎而且足智多谋。我现在能够肯定,他们已经毫不费力地推断出我的动机和语气。或许他们不知道问题的答案,但是,他们从我不提供任何暗示的态度里,已经看出了一些什么:我是荒谬的。

就这样,在内心生活和参与集体生活的方式之间,我开始了一个漫长的、不平衡的时期。我的激情和兴趣是真实可靠的。它们几乎吞没了我,但我不知道怎样通过行为、谈话,甚至穿衣来表达它们,更不用说写作。对于写作,我还只是在做着白日梦。

后来,在克拉科夫,我试图获得一个折中性的解决方案。那时,我已是一个初出茅庐的年轻诗人,发表过一些诗歌。解决方法包括多跟其他年轻诗人待在一起。他们的陪伴,有一段时间曾经救了我,因为他们也是笨拙的,不属于任何其他的圈子。如果事情就是那样,我的朋友们似乎在说,好吧,就让我们形成一个自己的圈子。作为一个年轻诗人,最难对付的困境之一便是:他还未找到自己的表达方式和声音,却又是那样渴望表达、表现,将所看到的一切具体化。

但是,在某种意义上,年轻诗人的处境,连同他们所有的绝望无助,甚至包括所有人——年长的诗人,律师,商人,警察,艺术批评家,医生,政治家和他们的妻子、女儿和情人——对于年轻诗人所表现出的轻视,比普通受到赞扬的老作家体面的物质生活状态,更能准确反映出诗歌的地位。因为，如果狂喜的瞬间、想象涌现的瞬间，属于一个完全不同的秩序，属于一个时间的维度，而不属于单调乏味的劳作、占据日历的日常性生存，那么，这种区别就有某种戏剧性和不幸的成分。困惑的年轻诗人，比八月的诗歌奖得主，更接近他的生活的真理。

相同的分裂，有助于我以一个新的视角，看我的城市。在那里发生的一切、被忍受的一切，都从不同的角度向我显示出来：神父、老师和我的同龄人。他们的存在以两种不同的方式体现出来。首先，最真实、充满激情的方式，是通过参与日常的斗争和冲突，其赌注就是他们的生存、生存的质量以及生存的尊严。同时，他们也存在于另一种方式，因为他们所过的生活的唯一目标（如果可以把它看作一个目标）就是舒适地存在、看、炫耀、表达自己——画家们画布上的人物，比有血有肉的人，更合适代表他们。（就像我们在马奈的名画《工作室的早餐》里看到的，两个男人和一个女人，只关心一件事：展示、炫耀他们的优越感。此画现收藏于慕尼黑新绘画陈列馆。）

我就是这样看待他们。有时，他们历史性的存在，完全沉浸于被分派的工作、日复一日的操心；而在另外的时刻，在另一些属于想象的短暂时刻，他们仿佛巨头大亨，不关心时间的推移，不关心政治制度，好像他们存在这一事实，引出的只是假日、对生命无条件的肯定，使战后破旧的衣服，呈现出提香①油画的丝绸光泽。

同样的街道，那么普通而常见，仿佛只是为了电车、汽车和敞篷马车修建，却几乎像威尼斯运河一样美丽。我惊呆了，满心敬畏。有时，在学校跳舞期间，舞蹈者编入无尽的节奏，没有人知道会在何处结束，好像舞蹈成了十字军东征的一个版本，成了无休止的、崇高的进军。以至即便现在，我也仿佛行走在两个城市，就像我祖父那一代

---

① 提香·韦切利奥（1490—1576），意大利画家。文艺复兴后期威尼斯画派的代表画家，被誉为"西方油画之父"。

人。对于他们,每个角落都可能隐藏着利沃夫神圣的墙。窗户隐藏另外的公寓,书籍可能打开一个不同的现实,星期天则是一个可以避雨的通道。

在很长一个时期里,我都很无助,不知道如何对待他人的经历和他们身上快乐的惊奇。我不仅不知道如何表达它们,我还被不确定性、被他们是否正常这样的思想折磨着。我也不知道,什么更真实,是这普通的日子、一般感官认识和判断的东西、公民讨论的东西更真实,还是那有光辉、静止,反映在诗和绘画里的东西更真实。那时候我十六七岁。在这个年龄,似乎没有什么是明白无误的、正常的,更不用说那些被音乐,或者被一阵风和整个世界唤起的狂野、情感充溢的体验。我慢慢懂得,一个人,为了那些神秘的、全知的短暂时刻,必须支付昂贵的代价:怀疑、黑暗、绝望,就像那不寻常的闪光,只适合最高的时刻,不同于最平淡的日子,山谷之底的跋涉。所知总是太少。启示总是太少。但是,怀疑,这些智力的麻雀,从不缺乏。

我寻求着答案;我想知道。那时,我想,答案和思想永远不会自动排成一个系统吗?我是谁?一个年轻的无政府主义者?一个年轻的唯美主义者?然而,我没有鄙视一个最简单的问题:如何生活,才不伤害他人,才能帮助他们。同时,又不停止自己的寻求、自己的思考。我是谁?我是不是就像那只小黑猫?几天前,在散步时(在这里,巴黎附近),我发现了它。小黑猫非常相信自己和自己的力量,在我面前,炫耀它的跳跃,在树干上攀爬的能力。在我看来,它似乎想说:我是年轻的、长生不死的,而你,已然中年;看看四周,你会看到粗大的地平线,看到疲惫、摇摇欲坠的太阳。我像它吗?我在旅程的起点;我有奇异的想象和希望,与精神生活及其力量紧密相连。

与此同时,城市在改变、在演进。激进分子死去;温和的人继续生活,布置他们的公寓,躲进家具里,抚养孩子,而他们的孩子继续抚养下一代,带着不同的波兰口音,就像东边单调的语音混进西里西亚的口音。我们不争气的球队守门员坐在窗口边(他住在一个药店上头,二楼)。窗台上放一个小枕头,他的肘部撑在上面,观察着沉寂的大街上的生活。每隔二十分钟,一辆嘈杂的电车一闪而过。经过的路人偶尔会与我们无聊的守门员打个招呼,而他显然在等待那一声招呼。他的脸在那一刻变得富有生气,他笑一笑,报以问候。不幸的是,他越来越胖,肘部在天鹅绒枕头上留下的压痕越来越深。他的妻子,街区上曾经最为漂亮的女孩,体重在婚后也开始增加。现在,当我写这些时,他们两个肯定非常非常胖了。

几乎每个人都选择了一个看不见的位置,将他人作为自己的靶子而服务于新政权,努力将自己的生活公之于众,仿佛在说:"换个方式,我做不到,请不要生气。"体育馆馆长,领着他不幸的、智力迟钝的女儿在散步。她的发育已经停止,一张小猴子似的脸,布满皱纹、红鼻子、红眼睛。

另一方面,那些没有负担如此明显的耻辱标志的人,至少喝着伏特加,不必感到羞耻。而这,作为一种满足被接受——任何显示个人弱点的人,可能都在指望他的邻人和同胞一样放纵。每个人都在努力地尽快毁掉他的生活,如果他不成功,则不耐烦地在等待着年老、疾病的打击。确实也有一些绝对的下贱行为,那些秘密警察的仆人、专业告密者、刽子手。但是,这些人也不得不偷偷地行动。我没有见过他们,我不记得他们。没有人知道,成功的人生、事业是什么,幸福包含什么。离开这个城市?去另外一个地方,如果它还是一样的呢?到一个著名的城市?如果那时还是一样呢?

一些年轻一代的代表,轻蔑地驳斥长辈的警告。他们签名效忠当局,给自己买了皮制公文包、帽子、手套,假装开始了作为工程师、记者和历史学家的职业生涯。他们实际而冷静地讨论这个,好像生活在奥地利、澳大利亚或阿斯图里亚①。

在夏天,我们漂流在慵懒、几乎静止的河流上,昆虫沿着河流滑

---

① 位于西班牙莱昂地区。

行，犹如挪威的滑雪者，试图到达对岸。在舒缓的河流沿岸，有一座被忽视的公园，倦于季节的变化。长而柔软的桠木、橡树和山毛榉，其枝条挂在水面。有的触及河面，枝梢沉入河水。它们摆动，直到一只大桨划过，河水使其淹没。记忆的表现方式，在打字机键盘的倾泻下，不是也一样吗？

与几年后相比，我当时懂得更少。在克拉科夫，我大约二十六七岁，好像成了某种文学空谈家，似乎知道诗是什么，人类的命运是什么，作者的义务是什么。我懂得更少，因此比那些长者、比肤浅的自我，似乎显得更聪明，喜欢发表文学宣言（尽管它们可能有一些智识上的意义），盲目地攻击一些公认的作家。

谁不想懂得理解的乐趣？在那样理解的时刻，事物和思想都变得顺从。它们面向我们，像训练有素的马戏团动物，仿佛假装它们没有更多的秘密。哲学和意识形态体系的创造者，特别喜欢它。然而，夜晚很快到了，阴影生长，思想失去光泽，被露水覆盖，结果表明我们还是所知甚少，我们所能理解的并不多。但是，即使如此，当灰色的浓雾弥漫于蒸汽机船间的空白时，也有一种艰难的满足、焦虑的无知。

我坐在一张桌子前，六楼的房间，位于巴黎郊区的一栋水泥公寓。从房子的窗户，我看到，在最近的一场雨后，巴黎远处的屋顶在变干，还有教堂尖顶和树木、建筑吊车和电视天线。我聆听莫扎特，弦乐五重奏 K516——确切地说，第一部分，有着经典的快板特征。

然而，这快板并不欢快。它结合了两个主题，一个是光明，它是洛可可式的；另一个，是悲伤的，甚至是阴森的。一个是传统的，几乎精美；另一个是悲剧性的。洛可可和苦难。洛可可和死亡。音乐中，两座城市在交谈。两座城市在舞蹈。两座城市，完全不同，却注定走向艰难的爱，像一个男人和女人。洛可可和恐惧。音乐永恒地存在，和被带向死亡的人的恐惧。博物馆满足的平静，和一个孩子的哭泣。我听着莫扎特的小提琴五重奏。黑夜再一次降临。天空又被藏进一个昏暗的盖子下。

第二部分　公开的档案

一个小国家写给上帝的信

最尊敬的主：

我们给你写信，说说下述问题。我们的信写得粗陋，因为那些能够写作信函、诗歌或文章的人不能写了，他们不在世上了。他们死于悲惨的环境、畏缩和沉默，尽管你创造他们，是为了让他们说话。但是，有一些人虽然活着，却不愿讲一句话。为什么？有人害怕了，非常、非常害怕。他们的小腿和膝盖、手掌和思想都发抖了。有的人没有受过适当的教育，面对巨大的困难，或者面对潜入他们语言的谎言时，他们害怕了，他们决定扼死天职所赋的声音，转而从事其他的工作，比如某项高贵而无须发声的活动。这就是为什么，有人做起补鞋匠，有人从事航空模型的组装，另外有人与毛皮商或牛奶商合伙开起书店，还有人成为出租车司机，有人在戏院卖票，有人成为园艺师。很多流亡海外（哦，多么幸运，我们还有一个海外）。

一切都始于火车。啊，为什么要发明发动机、内燃机和铁路？为什么？它们是必要的吗？没有足够的马车吗？人不能走路，不能在甘草堆上过夜，不能从泉眼里饮水吗？难道马不是一种完美、强壮和忍耐的造物吗？我们的画家曾经都爱描绘飞驰或休憩的马。铁路在最早出现时，是田园诗似的：小站、煤气灯、制服笔挺的站长、蓄胡子的出纳员、困倦的沙皇肖像画。然而，也曾有过许多警惕的目击者。透纳①著名的作品，描绘飞速运行的火车，就既令人惊喜，也包含恐怖。但是，还没有人能预见最重要的事情。那时，没有人猜到火车会

---

① 约瑟夫·马洛德·威廉·透纳（1775—1851），英国著名风景画家。

用于何种目的，没有人能猜到它们隐蔽的、最重要的命运。火车有一个功效，就是用来放逐弱小民族。如果使用马车，就很困难。整整一个国家不可能塞进一辆马车，像运送玛丽·安托瓦内特①上断头台。俄罗斯人的雪橇，也只能运送几个热衷学问、被冻伤的人。但是，火车！货车或家畜运输车，那就完美了，完全可以用来驱逐庞大的人群。

这就是后来发生的事。蒸汽引擎还是最近才暴露它隐秘的特质。也许，我们不算一个特别弱小的国家。但是，也可以倒过来定义：适合塞进货车的，就是小国。因为缺少空气，货车令人窒息。我们将省略诸般细节。眼泪、号叫、憎恨、打斗，偶尔一个无奈的同情姿势。货车上的人生百态，不应被描述。

旅程很漫长吗？哦，是的，非常漫长，因为火车需要不停地走很长的距离。有时，它们要等信号灯，让军事运输车先行。动物的尖叫，划破沉寂。我们说过，我们将省略诸般细节。我们咬紧双唇，逐渐迟钝。我们几乎被压扁。骨头顶着骨头，肩膀压着肩膀，一副无人喜欢的拥抱状。是的，也许有人会想，这说明许多民族主义者的梦想成真了：有时，这样的旅程持续一个星期，或者更久。人挤在里面。一个国家以集中而密集的形式，浓缩在一起。一个国家被赋予一个意志，身体连着身体，脑壳挨着脑壳——任性的个人主义的终结。

真是难以形容。也许，你看见了发生的一切。也许，八月下午的强光，妨碍你看清漫长的铁路沿线，缓慢移动的红色车顶。也许你捕捉到快要闷死的人的一声痛苦呻吟。如果不是热浪滚滚挡住了火车，你也许会注意到，伸出车厢的一只赤裸的胳膊。轻浮、半透明的薄雾，在田野上空汇聚。收割的人们，在一棵宽阔的椴树下吃午饭。天气太热，鹰隼在飞行中睡着。只有一列火车，在热浪里切出一条浅

---

① 玛丽·安托瓦内特（1755—1793），法国国王路易十六的王后，1793年死于断头台。

沟。河流冒着热气。小溪几乎静止。树脂如雪块融化。没有怜悯。有时，有人往车站带来一点水。与窸窣作响、美丽的树林相比，这奇怪的、懒洋洋的火车算是一个什么东西？干渴的蛇，在水坑里喝水。昏昏欲睡的站长匆匆扣上制服，跑向小站站台。

也许你注意到，披着锈色的火车，拖着其他那些更重要的、享有特权的运货车厢。在那列火车里，是我们的国家。

数英里的沉默。无论八月还是一月，只有冰霜或火热的沉默。也许下过雪。在结冰的小池塘上，狐狸奔跑。同样，这列火车也跑在路上。也许你看见了，然而，冬天的黄昏来得太早，有时还有雪花飞舞——那么，你可能什么也不会看见。

没有什么季节，适合把人锁在运货车厢里。没有哪个哲学家，在运货车厢里，还能是一个哲学家。医生不再是医生，工程师忘记自己曾是工程师。助产士不再是助产士。木匠成为原始的木匠。看门人不再是看门人。告密者不再告密。孩子不再是孩子。

最后，所有人下车。"下车"，这个词是不准确的，听起来容易使人想到，人们是乘火车去准备五一节的野炊。总之，在一年的某个季节，旅途的幸存者开始四处张望。他们不能张望太久，因为大国的士兵正两腿分开，站在坡道上。他们乐于开枪，至少乐于用枪托推搡那些"前哲学家"或木匠。

我们在哪里？无人知道。连火车停在什么地方，似乎也不知道。名称有什么意义？到处是奔跑的狐狸和野兔、蜘蛛和荨麻。

但是，你可能知道，接下来会发生什么。你肯定在什么地方读到过。有很多书，涉及这个题目。有些人走进房子，再也没有离开。另有一些人，留在冰封的森林，建造"帐篷城市"，像成年人组成的童子军。

几年或几十年之后，有些人回来了。他们穿着斜纹粗布衣。他们四处张望。问他们到过什么地方，发生了什么，他们不会回答。他们控制着舌头，固执地望着天空某个地方，仿佛从那里发现了什么可疑的星辰。他们控制着舌头。有时，某个人会说，"天真冷"。他们捡起面包皮，然后藏到床垫底下。他们在自己的城市里到处转悠。他们走进熟悉的街道。有时，他们死在别的城市。幸运的是，如果跟草原、森林和令人窒息的火车相比，所有城市都有一点相似。所以，有时他们并未意识到，他们返回的地方，与他们被带走时已经大不相同；也许，他们并不如我们所猜想的，觉得这地方具有特别的意义。

他们是怀着怎样的温柔，注视其实并不惹眼的城市剧院！又是以怎样的饥渴，注视着铁路仓库附近的白杨树。他们走进一个图书馆，询问可否再获得一张借阅卡，并仔细抚摩书架上的书脊。他们躺在草地上，望着浮云。他们坐在河边，凝视水面的漩涡，仿佛一个溺水的姑娘的辫子。晚上，他们坐在扶手椅里，一语不发。他们缓慢地用餐，聚精会神，用很长的时间——似乎不是在用晚餐，而是在研究一本关于中世纪哲学的小册子。他们陷入沉思，如一尊石像。在他们面前，不能扔掉一片旧面包，不能扔掉发霉的果酱，甚至一截胡萝卜。他们收集垃圾、水罐和包装盒；他们随时准备好了，再有一次战争，再有一次放逐。啊，他们不是活人。他们只知道：张望。他们比其他人更懂得看，看得更清楚。太阳落山时，在沥青路上，他们走近一个巨大的水坑，查看那是不是一只静止、无害的动物。

在海边，根本不用解衣服——他们不下水。他们待在沙滩，待在海滩的边缘，穿着厚重、暖和的衣服，羊毛外套，而且，总是如此，他们往四处看，贪婪地看。孩子们拿他们取乐。他们总感到冷，总把自己装在外套或毛毯里，即使是七月或八月。

对于他们，大海也太小。他们不是活物。音乐激不起他们的兴趣。他们成了家人的负担。某个人能活着回家，的确是一个正直、勤劳家庭的幸运。对于家人，我们又能说什么？如果大海见到他们那可怜的神情，大海也会不安；即便椴树和栗树，也会为它们完美的绿色和芬芳感到难为情吧。

写一写回忆录吧，那些富于才智的朋友建议他们说。但是，如果根本不可能描述，如何写下回忆录？如果你将某人从一次宴会上推走，而某人因此幸存下来，你能那么说吗？你能回忆吗？他们驱逐了我们的国家，然后这个样子回来。

然而，事情也可能是这样的：那些回来的人——如果足够年轻和强壮——他们会感觉很好、很棒。他们是富有活力的人。他们唱歌，唱流放时期学会的快乐调子。只可惜，它们都是外国的曲调。如你所见，他们都是死人，即使那些肤浅地认为他们还有过剩活力的人。

你想知道，他们用哪种语言唱那些活泼的歌曲吗？啊，是的，我们总以为，你知道一切事情。你被谄媚者包围。他们没有告诉你残酷的事。你得到的报告都是假的。统计数据不真实。评说带有偏见。但是，你当然想象得出，是用哪种语言唱那些歌曲。

我们的要求是什么？请让我们更能忍耐。请让我们能够保留我们的语言和歌曲。请让我们能够沿着我们的河岸而生活，在你给我们的小山、我们的小城，在你栽下果树的土地上，让我们晚上能够聆听青草和树叶的低语。

让我们不要过分虔诚。我们的虔诚，我们祈祷时的虚饰，我们庞大的朝圣者的行列（他们行进在国土上，就像移动的森林），他们的自大也许会激怒你。也许，你正疑惑，为什么我们自认是被挑选的民族，是最优秀、最成熟的民族。也许我们刺痛了你，因为我们取笑其他民族，确信没有人像我们一样，遭受那么久的苦难，怀着强烈的自尊，没有任何希望。那从不幸中生出的傲慢，超过了一个暴发户的自负。"嗟叹"有时也会转换成得意扬扬的歌曲。穷人的鞋子，在太阳底下，有时比公主的拖鞋更加耀眼夺目。哦，让我们保持谦卑和受苦的办法。哦，你啊，伟大的讽刺家，比苍鹰更高远的至高者，你也创造了活泼、温良的麻雀，让我们学会嘲笑自己；不要拿走我们冷静的目光，不要拿走我们真实的判断。那小的，会成为大的。但"伟大"一仍其旧，不受威胁。失败是诗人的灵感，普通人也会因想起过去、战斗、篝火边的晚会而兴奋，在那安详的沉默里，似乎有不善辞令的男人之间的友谊出现。美好的天气。夜晚,雨落下,听得到雷鸣的咒语。清晨,只有小小的水坑,留下风暴的痕迹。

有人成为出租车司机,有人在戏院卖票,还有人成了园艺师。很多人流亡海外。有一些人害怕了,另有一些人勇敢,如雅典的勇士一样,或者如大卫①。在夜晚的桌子边,坐着麻雀和老鹰。老鹰为它们长长的翅膀而羞愧。有些在分享他们历险的故事。我们会赢,一声明亮的叫喊,如烟花爆炸。现在,沉默更深了,即便有人重又倒满杯子,用亚麻餐巾抹净嘴唇,消失在乡村的夜。那里甘草在生长。在一只捕食者隐秘的爪子下,山毛榉的枝条突然断裂。有人走在森林的小路上。灯笼的光,打在橡树叶子上。暗淡的黄色光斑,不能征服黑暗。

还有人消失在城市的废墟、庭院、十字路口或倒塌的墙后。至于有多少种死法,我们可以编一本带插图的目录。当砖墙被炸弹摧毁,化为灰尘,或者在黎明,死刑被执行时,公鸡啼鸣,你被可怕的懊悔淹没,深感自己不过是一个人,不知公鸡嘶哑的啼叫又会叫醒谁。

然后,是那些回来的人,他们饥饿的表情。他们缓慢的步子,小心移动。在他人发表精彩的祝酒,或激烈的谈话时,他们沉默,那沉默只表达一种愿望:死在自己的床上,在童年的家里,在自己的窗下,因为那里看得见宽阔的草地、紫色的山、青铜纪念碑似的大树。

黄昏降临,夜晚到来,然后,是闪电照亮我的身影。你知道,不是整个国家,只是我,在写这封信,一个终有一死的、孤独的抄写员,俯身在柴棚里一条被丢弃的长椅上。你看见了我,你一定看见了我——纠结的灰白头发,手指裹着一支钢笔,皱巴巴的笔记本——就是在上面,我一直给你写着或长或短的信,充满痛苦和侮辱的信,满是狡黠奉承的信,申请、声明、辩护、草案、哀叹、祷文、抗议。是我,你一定辨认得出,我倾斜的字体,草叶似的逗号,叹号的圆点

---

① 大卫,以色列的第二位国王。牧羊人出身,年轻时杀死了异族非利士人中的巨人歌利亚。

（如步枪子弹在纸上打出小洞），无穷无尽的问号（如新工艺体①的象形符号），省略号的圆点，血淋淋的墨渍（如屋漏的雨水打在纸上）。是我，你固执的通信员，哦，不如那些埃及作家那么优雅和自尊（他们在收获季喧哗的中心，炫耀不乏神秘的艺术，平静地细数着献给法老的小麦和牛）。这是我，你一定记得，我热切的信札、非难和咒语。你将我送到一个多雾的国家，这里到处是混乱、悲伤、记忆（如丰收前的谷穗一样摇摆）。我是你最小的国家，弱小，有着被扼杀的骄傲。我给你写信，从最遥远的地方，躲过了无所不在的警察，躲过了那些农夫；如果看见我在蜡烛下写信（离畜棚、粮仓、谷子这么近！），他们也不会吃惊。我在哪里？名称对你有什么意义？到处是狐狸和野兔；这里有蜘蛛、荨麻、弯曲的栅栏、空伏特加酒瓶，一个风琴手从礼拜堂搬来的变形的长椅，一个等待世界安静下来的疯子。总有一个地方，给我这样的人写下更多的信、牢骚和抗议。

然后，会有一个字迹模糊的签名，一阵突然的寒风。

春天的雷雨

被处劳役和流放的十二月党人，三十年后回到故地，仍然思想敏锐，睿智和快乐，而那些留在俄罗斯，在政府服务部门、在饮宴、在纸牌里打发时光的人，无一例外被可怜地毁了，对任何人都没有益处，甚至没有一点美好的记忆可以辨认他们的生活。

——列夫·托尔斯泰

---

① 新工艺体是新工艺美术的一种，是1890年至1910年流行于欧美的一种装饰艺术风格。

我在西方已经生活许多年。我不断受邀参加一些大会、研讨会和演讲。在飞行途中，我总是尽量选择靠窗的位子，贪婪地看——我无法从地球表面移开双眼。森林像绿色的花边，城市像珠子，春天的田野像彩色蜡笔画。

自从我来到西方，很多都已改变了。在那里，在我的国家，一切都是清楚的：很多年里我都活在一个营房里。即便在我可以随便外出的日子，也总有人暗地里跟在我身后。

世界是什么？它有条有理，还是混乱不堪？一阵阵风，任意地吹过慵懒的草地，山峦让位于平原，大海沉默而呈淡蓝色。

自从我到了西方，我无拘无束。然而，很少时候我是单独一人，因为有太多的友谊，太多的好意。走下飞机，我知道有人在等我。一天的安排，包括宴会、新闻发布会、专家学者的座谈会、晚宴、与部长的见面。我从一只被人围猎的狼变成一个名人。干净优雅的绅士和着晚礼服的女士，随时与我相伴。我被邀请到他们可爱的家里，接受他们的崇敬：彬彬有礼的孩子，温顺的狗，精心照料的草坪，猫，漂亮的衣服，老家具。到了晚上，丝绒般的星星在天上眨着眼睛，一辆小汽车将我送到城市中心，电梯带我到达大酒店的十五楼；从房间的窗户里，我看见伦敦、日内瓦或柏林的灯光。

我不知道现实是什么。我总是害怕飞机急剧俯冲，进入云层，进入云层污浊的内部。那一刻，我闭上眼睛，从一数到一百。

我读报，接受采访，发表评论和预言，因为这就是人们期待我做的。但我知道得并不那么多，我所知有限。有时，发生这样的事情：我在电视上露面的次日，陌生人在街上认出了我，热情地和我打招呼。我是谁，狼还是猎人？影视明星，还是一个制度的牺牲品？一个富豪，还是乞丐？

在营房里，我相信神，以一种纯粹的信念，那么纯粹……其实，在寒冷而蔚蓝的天空与极度穷困的营房生活之间，什么也不存在。什么也不存在。星辰在我头顶环绕，就像辅祭男童环绕在圣坛周围。然而，现在我的信念变味了，而在我新写的书里，我没有承认这一点。

我总是尽量和某个人待在一起。我感受他们的崇敬，并总能调整自己，以适应那一切。也就是说，我以前的个性——骄傲、韧性、信仰和绝望——又出现了。我以前的无助，与现在的绝望毫无关系。我固执地对自己说，我一定要帮助那些人，他们还待在我的祖国，在营房里，在监狱里，在丑陋的城市里。我有一个使命要履行，我每天对自己说。

但是，再一次，我要独自面对自己。在夜里，在一个大城市。送我到机场的汽车在路上抛锚了，离酒店不太远。私人司机——一个英俊、有点姑娘气的男孩——几近崩溃。他打电话求助，试着找出问题，钻进汽车引擎盖下面，好像获得一个歌德式的灵感，突然挺身。我一时心血来潮，说我想自己走。我认识路，我在那个大酒店住过很多次。我把手提箱留在后备厢，小车司机不愿听我说。"太危险了。"他摇着被油泥弄脏的手。"太危险了。"他重复说。

我对他大笑："你说什么？在这里，在这样一个大城市里，离世界级酒店几步之遥，有什么危险？"

"你比我清楚。"他说，用手背擦了擦脸上的汗，结果蹭脏了他的脸颊。

"那只是幻觉，"我说，"一个愉快的幻觉。他们很久不用过激的做法了。"

最后，我自己解放自己，让他留在那里，和闪闪发光的汽车在一起。他的头在一只狮子的嘴里。

霓虹灯在头上跳动，绯红的影子投射到人行道上。

一个愉快的幻觉——我重复着，此刻只是在对自己说——让一代代的前辈，维持他们的愤怒、反抗和勇气。那时还不算幻觉，我补充说，仿佛在努力说服自己，伸手去抓历史性的证据（因为无人严肃地谈论本体论的证据……）。

很久以来，这是第一次我独自一人，如果不包括悄悄钻进新认识的朋友家奢华的浴室，不包括睡觉（睡觉很难说是出于逃离集体的动因），溜进致幻的想象，去见我们认识或不得已泛泛相识的许多人。

现在，我独自一人，没有翻译，没有私人司机，没有导游，没有部长、新闻记者，没有他们的好奇心以及诸如此类的问题，不必去满足他们。我只交出我的存在、呼吸或打喷嚏。

我朝四周看了看，没有人跟在我身后。确切地说，只有晚上成群散步的人——他们对我的政治观点毫无兴趣——走在我的身后（我知道，没有人会记得三天前出现在电视上的人，而我上次在电视上露面已经过去至少两个月了）。

不，晚上散步的人，他们走在大街的人行道上，没有烦恼，满足于天气的暖和。他们高兴地看到，一切正如预期地在进行：三月之后是四月，白天过后是夜晚，而现在，又是夜晚开始了，仿佛是一轮红润的新月用一只大购物袋送来的。你能嗅到梧桐树叶以及被雨水濡湿的尘土气味。窗户反射霓虹灯光，大风拂动百叶窗帘，把它们随风颤动的紫色光影投射在大街上。连张贴在电影院入口的海报，那上面歹徒的面孔也不再那么凶恶，变得柔和，仿佛在邀请人们进去看看："我们也不是那么坏的。无论如何，我们只是一些图片，只是光影。"一切都是明亮的——发光的电子显示屏，耐心的汽车尾灯，优雅的女性的白外套，男人的围巾，所有经过我身边的人的眼睛。

有人从戏院返回，有人准备去电影院，有人正赶往餐馆。旅游者，和常住民走路的样子大不一样；他们的步履更轻，少了一些从容。他们不把土地当作自己的财产；他们满怀兴致，四处张望，几乎跟我一样，尽管我看起来完全不像是旅游者。

我笑了。对着这个城市，对着无限的街道、建筑物、商店、行人、面孔。我不知道这是否寻常，然而，在我看来，无限的丰富就具有一种喜剧的效果，一种更深的宣泄、喜剧性的效果。严肃不起来，因为如此密集的飞机和航线，各种肤色和各种脸颊，角落，气味，刺耳的和黏糊糊的，静止的和迅速移动的，渺小的和庞大的，真实的和虚假的，中国人和拉丁人，鼻子和口，嘴唇和领带，电影院和餐馆，灯塔与醋栗树，雨水和月亮，哭喊和叹息。如果我被无限之多的事物包围，那么我是谁？"我"的一部分，就会变成刺耳的、黏糊糊的、小的、高的、带鼻音的、白天的、夜晚的东西。

哦，高墙。哦，奥斯曼男爵①建造的市政厅的大门。哦，石头！请帮助我，让我理解发生在我身上的一切。或者说，请帮助我理解这个世界。哪里去了？我不可动摇的确信、坚定的信念、无法安慰的绝望？哦，灰色的石头。

我看着人行道的混凝土路面，仿佛期待从那上面发现一幅地图、设计图和一本指南手册。但是路面已被成千上万勤勉的行人踏平，什么也不能告诉我。小水坑说明才下过雨。四月的气味。春天甜蜜的空虚，预示着夏日的热浪和秋天的衰败。

我再一次回望身后：我真是独自一个人。人群在林荫道两边已经停止他们庄严的漫步。谦恭和优雅的人群，由于某种神奇的同步性，总能找到一个地方，无须拥挤，无须争斗，无须杀戮或彼此憎恶。还有一些食品杂货店没有关门，无耻地展示着火鸡、母鹿的尸体；孔雀似的色彩升起在精美的大理石表面。我是独自一个人；我是绝对自由的。我此前梦想的事情终于发生了。我发现自己置身于一个梦想之城的高墙之内。

我在咖啡馆和餐馆边漫步。这同一个我，几年前因寒冷和愤怒，身体颤抖，内心强大，全部合为一体，那么沉重和明亮，以致看着那些星星时，我也仿佛是一个天体。星星观看着星星。

发生了太多事，却仿佛什么也没有发生。和物质相比，时间是什么？你用来贮藏宝贝的手提箱，一张玻璃纸———一个售货员，一个年轻女人，厌倦生活，因为她的生活只有花的芬芳——她正在用它仔细

---

① 乔治－欧仁·奥斯曼男爵（1809—1891），拿破仑三世时期的重要官员。1853年至1870年因主持巴黎城市规划与重建而闻名。

包扎一束黄玫瑰（黄玫瑰！五枝，每一枝都充满神气活现、年轻的活力！光滑的花瓣，绿色和黄色的花尖和叶子，每一朵玫瑰似乎都浸透了露水的气味）。时间极其诡计，再老套不过了。时间之流涌起的泡沫，匆匆刷过每一次注视。时间老套的把戏：皱纹，死亡，成熟，尤利西斯回到家中，林奈①失去记忆。

人们通常不会谈论这些东西，但是我会。在那里，在寒冷的兵营，黑暗的营房，一个邪恶的国家，我是某个非凡的人，我的物质——在眼睑、前额、心脏下——比钻石还坚硬，漠然于时间的流逝。

我发现，我身在街道的一侧。并不意味着灯光更暗。不，城市依然辉煌明亮。这里的人更少。市场已经关门。货摊就要关张。两个强壮的年轻人，身着蓝色工作服——他们就像在进行一项，竞选最佳堕落天使的整套装备的设计比赛——正在展开巨大的木制平台。第三个，手握一截软管，开始喷射，喷出一个水柱，直冲到街面上，但他暂时只是用到这可怕的武器，对付他穿蓝色衣服的伙伴。另外两个人，咯咯地笑着逃开，最后也开始用剩下的西红柿、苹果和鱼头攻击他。其他商人，专注地看着他们。一个胖女人，站在店铺的门边，权衡着是否应该加入这三人小组取乐。

然而，她没有时间做决定，因为红色救火车鸣着汽笛，急速穿过狭窄的街道，哀号着，打着强光开了过来。有人好像在里面，正准备留下邻里的影像文件；脸、鼻子、装饰板条、铜插销、摊位，全部出现在蓝紫色的闪光里，急躁而紧张。所有这一切，都以一种天真、头脑简单而无可争辩的方式存在着；最后，一道清澈的水流喷出，升起，汇聚到街道的一侧。银闪闪的庄严，似乎毫不费力地证明它是尼亚加拉瀑布的一个远亲，或者，与山间瀑布一样，都是海洋的子孙。

---

① 卡尔·林奈（1707—1778），瑞典植物学家、冒险家。他首先构想出定义生物属种的原则，并创造了统一的生物命名系统。

一切都是随处可见。夏天的闪电，在我划亮的火柴里大笑。一粒沙子，就如触及天空的大山。小雨威胁要成为洪水，水池子里旋转的一片枫叶，随时准备成为诺亚的方舟。月亮每晚穿上干净的衬衣。金色黄莺的歌声总是耀眼地完美。要是我们能够那么完美，该有多好！保持住，不要降格！啊，我知道，这是不可能的。人不能成为黄莺、枫叶、罂粟籽、岩崖、丁香花。

然而，我感觉——虽然与我的判断相悖——热情而天真地渴望一下就足够了，仅仅为了意识到我们只是在另一面，在完美存在的对立面——就好像黎明时一只沿着石桥跳跃的小麻雀，或者一只蜥蜴，一只融化在石阶缝隙里的蠕虫。

我知道，我已很久不曾有过这样的渴望。但我记着它。无论谁，一旦有过这样的渴望，就无法否认，即使它已失去那迷人的特性。即使只是想一想它，都是困难的、痛苦的。荨麻就像这样烧毁于童年。甜蜜的红草莓像多汁的电报，带来这个世界的消息。有过那样似乎什么都不重要的日子。腓尼基人的战争被永远遗忘，拿破仑似乎从未出生。那个在八月中旬度假的少女，已经晒黑；她有绿色的眼睛，安静而恰如其分的笑——那笑声控制了她，如一次山火。

我必须尽早离开；我的母亲病危。我到了一所大学，是一名助教——每个人都知道我生平里的这些细节，无须重复人所共知的事实——最后，我发现自己身在一个粗俗的兵营。几乎没有人知道，在那里，在营房里，我身上神奇的力量又回来了。说它们回来了，还不够。在那里，我成了一个了不起的、伟大的魔术师。我为一只燕子建造一切，唔，用桦树的枯叶子。当然，也有成年累月的彻底绝望、生病、空虚、遗忘。但是即使在那个时候，我也没有失去维持这个天赋的能力。

我把它包裹在我的绝望里，就像一个人用手帕包住在沙滩上发现的一粒石子。我等待，我耐心地等待神奇的力量回到我身上。即使在秋天，即使在十二月，太阳也几乎看不见，我没有放弃。我知道如何等待！

那么，后来发生了什么，为什么我发生了转变，为什么我丢失了那最宝贵的珍宝？我没有妥协。我没有暗自破坏任何东西。我没有出卖一切。是的，我舒适地生活，但那并非我让步的代价：我只是被友好地接受了。我什么也不否认。我不相信，我是被世界的另一边，丰富的事物和人淹没了。不，丰富使我开心、充实、着迷。我很清楚，一个人，可以凭借信念和理论走出来。这只是一个技术性问题。类似地，一个水手懂得利用所有方向的风，甚至逆向的风；他要做的，是掌控好船帆。丰富性，就像不断转换的风，一个老到的水手懂得如何适应各种天气。

我来到了一个地方，此处的街道特征模糊，不像是市场。因此我决定回到大路上去，但不是往回走，而是穿过一条更窄的街道，向左转。然后，我记起，我应该在第一或第二个交叉路口，再次朝左转，然后我就会发现，我回到了宽阔的大路上。

如果我干过什么不体面、令人厌恶的事，那就是，我曾置身于撒谎的人群之中；也许我偶尔遭遇过道德折磨的痛苦——就像遥远时光的记忆，对于童年模糊的记忆，被忘却的自然的低语——但是，我的隐藏的罪，如此彻底地耗尽了我的生命，以致我很难沉溺于幻想，更不必说分出时间，留给我昔日的化身发出的警告和提醒了。不，我想，骗子的世界，在某些方面类似于那个正派的人的世界。也就是说，在能量的付出上，两个世界都需要持续的活动、持续的能量。道德的人与他们的弱点不停地斗，而骗子不停地与正派人斗。

信仰方面发生的奇怪而隐秘的侵蚀，是完全不同的一件事。它是非常缓慢的，啊，非常缓慢，但是，每个月它都那么稳定地发生一点，似乎一个月是一个最小的单位，越来越多地暴露出败坏、失败和怀疑。为什么？那也是贬低我的人的一个说法。它出现在早晨，藏在一杯冒着热气的咖啡里、一件新烫好的衬衣的领子里、擦得锃亮的皮鞋尖头里、一串紫葡萄里，然后，像太阳在地平线上升起，在正午到达最高点，在下午躺下，打一个短暂而美妙的小盹儿，晚上又回来，挤进夜晚打开的文件里，藏进戏剧节目里。是的，因为还有剧院和电影、冶炼厂和幻觉，就如同还有现实产生的真实的折磨。我看到太多，我听到太多。我感觉好像要被屏幕上出现的形象痛苦地淹没。一个人能经受多少日落，多少海洋？美变得那么平凡，那么容易获得。一张莫扎特的五重奏唱片，所值何其少！但是，这一切也是巧妙的：一个人为了聆听它，必须放弃他的生命——也许我有一点夸大——必须放弃生命的四分之一。但是，时间并不是真正的问题，不像现实中一个省的农业那样。我不知道音乐是什么，它所提供（或带走？）的、充满苦涩的快乐时刻是什么。当一个人不能得到它时，他感到的空虚是什么。

　　上帝在哪里？——在受苦里，还是快乐里？在一束光里，还是在恐怖里？在富裕而自由的城市里，还是在集中营里？当然，我知道，很幸运我知道，回答这个问题的最后一部分并不困难。然而，如果上帝偏爱黑暗和恐怖的地方，那意味着什么？啊，在美里面，我也感到"神圣"的存在，但是，对我来说那似乎不是同一个上帝。是的，我知道，一个人必须敞开自己，必须谦卑地接受到来的一切，而不是坚持要理解那些不可理解的事物。我不应谈论这个，我是谁？冒险闯入一个属于教士的领域？我只是一个门外汉，我应该保持在自己的能力、经验和反思的范围内。我撤退。我什么也不知道，我看到的很少。很多年里，我生活在一个紧闭的病房——关于这些地方，人们是不是这样说的？——正因为如此，我不可能看到很多。我只看到天空深蓝色的大伞。

　　我意识到处境的危险：我生活于"无处"。我想，也许那些应该被谈论，以这个或那个共同体，以适度繁荣的真正的人的共同体的名义。让我们以瑞士的一个小镇，布列塔尼①一个村庄的渔夫，和一个

---

① 法国西部的一个地区。

山区的牧羊人为例。让他们说。让他们来帮助我们。我的职业的一个悖论,是它具有否定性,更准确地说,是它具有一种肯定的冲动与带有否定性的习惯和语气,是此二者之间危险的结合。我必须大声地说"不",但是,这个"不"是隐蔽之"是"的呐喊。清楚了吗?对于我,不,我相信,是会有人能够洞察我的写作的。而且,我还知道,在我内心同时带有一声响亮的"不"和深刻的"是"。这是非常非常困难的,几乎是不可能的,注定要失败。也许,这有一个好处,就是教育下一代的人如何少走一些弯路,让他们体验未被"不"腐蚀的"是",体验简单、平凡、健康、必要、干净的"不",而不是毒药、砒霜。

下一代……召唤他们是容易的(谈论那些并不存在的东西总是容易的),但是,我真有那么大度吗?愿意把我的生命,诚实而不后悔地委托给属于年轻一代的某个方形的建筑物,而不是交给一个垃圾箱?我怀疑。我也不知道,如果将我的生命那样抵押对我的评价是否会更好。没有说谎?我很想知道。因为即便我说了谎——尽管我有几次发现自己说谎,也许,我并不是那么可怕而厚颜无耻地说谎,只是有点美化、浮夸、夸张。在我疲倦和沮丧的日子,举一个例子,就像我在最得意的日子里那些矫情的习惯,喜欢不时地信口发表我的意见、谈论自己的信念,而不是从心底表达它们。哦,是的,这发生过很多次。有一次,在马德里,天在下雨,一个黑暗、阴郁的雷雨天,轮胎淹没在泥水中。在爱丁堡,冬天,我感染了苏格兰的沉默寡言……甚至有一天,在费拉拉①,虽然我不能责怪天气……太阳悬在屋顶,像黄金雕刻,像远古的灯盏。我刚看过弗朗西斯科·德尔·科萨②的壁画。我很高兴,心里装着外面的世界、古老的画布、高大的树木、罗马式教堂、山川起伏带来的快乐。除了我的快乐,我说不出

---

① 意大利北部城市。
② 弗朗西斯科·德尔·科萨(1470—1472),意大利文艺复兴早期费拉拉派画家。

任何真实的东西。或许因为我的快乐是被给予的，我是被给予的，所以，我不能利用它。有些礼物是那么脆弱，那么精致，以致在我们想把它们传递给他人时，它们就碎了。

阳光下的费拉拉，雨中的马德里。在那之前，是爱丁堡。在这些城市之间，在窗户边上，我注视那些森林、田野、村庄写下的楔形文字，我试图破译这幅真实的欧洲地图——它隐秘的意义。在飞机上，我不知道如何思考，并不是因为恐惧麻醉了我的思维，而是因为强烈的兴致：我好像一直是这样。有一次我似乎懂得了这幅地图的意义，勉强可见的教堂尖顶、繁茂的树木、河床、乡村公路，最后，它们仿佛都在对我讲话，因为它们都清楚地说出了什么。我甚至相信，其他所有的人，这些美丽国家的永久居民知道什么在发生，在进行，这些土地在对他们述说什么。对于我，一个新来者，它却不想让我知道；它只是向我表明，那不过是些混乱无序的堆积物，却无意向我显示它的使命。

此时，我发现我所在的街道更窄、更暗。我再次左转，如我预见，我的常识告诉我，我已置身于一条繁忙的大道上了。我开始担心。出现在我面前的，不是巨大的建筑，不是墙上健美男子的神奇雕塑，而是贫穷、肮脏和病态的房子，墙壁的灰泥，布满茶渍似的青苔，狭窄的窗台像要倾圮，楼梯破旧。大门有一股尿液、霉菌和年代久远的气味，好像有什么在隐秘地发酵，十分可怕。在这里，不像在市中心，事物不是被街道分开，被清晰地标明。在这里，我徒劳地盼望；街道似乎在移动、波动、膨胀，好像小房子，那些正在解体的房子，生出了鱼鳃，如渔网里的鲶鱼，在最后绝望地呼吸。我面前的人行道，不再是直线，似乎咕噜着什么奇怪的事情，像一个喝醉的导游，在土耳其的某个小城市，在不怀好意的镰月下踉跄而行。路灯下，一只皮毛暗淡的脏猫，夸张地伸展着四肢。篱笆附近，我发现，在幽暗里，一个木乃伊似的流浪者，裹在破布和报纸里。"木乃伊"有节奏地呼吸，在一人高的地方伸出一只酒瓶子，如德国潜艇的潜望镜。突然,有一种可怕的噪声,随后,一个引擎的轰鸣声传来。就在我的身边,跑来一个瘦小的男孩,黑色的短发,双手搭在一辆助动车的手柄上迅速地跑过。紧接在他后面,是另外一个同样骑助动车的男孩。他和前面那个肯定是一对双胞胎,因为他和前者长得一模一样,最鲜明的特征也是短头发,被风吹起。一模一样的黑皮夹克,警察和小偷同样喜爱的那种服装。不一会儿,一辆警车出现在街上,拼命追赶,警灯闪着蓝光。我看见警车里深蓝色的制服。

无论是在路灯的铁杆上摩擦身体的猫,还是睡意沉沉的流浪汉,都没有发现那三个火球,它们撕开了这条街上的蜘蛛网。(这条街道是那么狭窄,一只勤奋而灵巧的蜘蛛就能迅速将它缝上,像年轻而急切的外科医生缝合一道伤口。)一个老妇人苍白的脸出现在窗口,好像立刻引起了连锁反应。一个老男人,勉强能够行走,出现在人行道上。他见到什么就倚靠上去:墙、栅栏、公用电话亭。他右手抓着一根多节的手杖,仔细查看每一块路面——如登上月球的第一人——然后,在放心之后,拼命抓紧手杖,继续移动几厘米,走向街对面。然后,在他选定的墙或栅栏前停住,再次试探地挪动手杖。他穿一件西服(三十年前也许算是非常优雅),一件白衬衣,一个带圆点的领结,一顶有点变形的、染了色的帽子。

当我靠近他时,发现他满是胡茬的脸上汗水直淌,下巴在不停地发抖。我想,这是因为这个世上最迟缓的流浪者,在一边走、一边诅咒自然、上帝、人、动物、植物、昆虫、脊椎动物、爬行动物、矿物、飞机、滑翔机、风筝、无足蜥蜴、男人和女人。我想帮他,但他鄙视而憎恨地瞪着我,我立刻收回了提议,加快步子,迅速离开了眼前这个愤怒的俄狄浦斯。他的咒语就像希腊人燃烧的箭镞,向我飞来。

在这条街道上,有种东西太吓人了;哦,是的,绝对是一条危险的街道。为以防万一,我走在街道的中间,而不是人行道上。我宁可避开每一个出入口!每个出入口都像一个空洞的桶:快刀片、小刀子、剃须刀,都可能从中跳出来。在我前面,没有一个人,但我似乎被跟踪，有双可恶而充满敌意的眼睛，隐藏在每扇窗玻璃之后。

一个开阔的空间出现在我面前，闷热的街道终于走到了头。我的林荫大道，宽阔明亮，是这城市的银河，从这里开始，就非常容易到达酒店了。

在我又走出两百码的时候，我看见的不是明亮的大道，而是一条有无数桥梁和坡道的运河，空无一人，好像为运输一支大军修建。但大军已经开走，匆匆赶向了战场和坟墓，桥梁倒好像是成了一座建筑上的纪念碑。

这里至少是宽阔的，因此我是安全的，或似乎如此。就这一点而言，大国与夜晚独行的人，没有什么不同：说到安全，我们都沉浸在幻觉之中。我坐在人行天桥的台阶上，倦意全无。我忽然不再为我的窘况担心，不再焦躁不安地寻思如何找到回旅馆的路了。

我想起一次谈话，曾经伤害我，过后倒是没有多想。那是在鹿特丹，参加一个学术研讨会期间。晚餐后，一个意大利记者在我桌子边坐了下来。他对我很了解，而我本能地喜欢他。他很年轻，但他奇特的样子，颇似提香一幅著名的肖像画（此画珍藏于伦敦国家艺术馆）。画上的男子——大约三十岁——右眼看着我们（左边则隐藏在深深的阴影里）。那一只眼睛注视的神情，正是此画的杰出之处，傲慢和胆怯糅合在一起。那傲慢的眼神，一如他全副的装备：一件丝绸衬衫，黑色外套融入阴影。因为那个男子侧向而坐，靠在木柱或栏杆上，被风吹起的丝绸衬衫，袖子蓬松，尤其引人注目，袖子也可以说是傲慢的。他的胆怯，通过嘴唇清楚地体现了出来，充满怀疑，似在微笑。毫无疑问，我们面对的是一个颇有人生成就的人，但此人的位置——停在栏杆上的手，似乎同时在暗示，他是一个旅行者（如果知道真相，有人也许会干脆说，当他在快车的头等车厢刚一坐下——列车从罗马驶向永恒——他就被擒获了），被最完美的运载工具"时间"带走了。这也就是为什么，他是怀疑的，如所有旅行者一样。

那个（活的）意大利人，年龄更大，他的胡须和头发都掺杂了不少灰白色，但自信和怀疑微妙地共存着。他首先问我一些关于我的生活的事，装作要记下来的样子；但我知道，他无意做一个采访或文章。

"你是一个严肃的人，"过了一会儿，他说，"我很喜欢你那样。（他这样说话时，傲慢地微笑着，在后半句上略做停顿。）但我不知道你是否发现，围在你身边的这些人，即使非常崇拜你而且崇拜是诚实的，他们也是具有不同构造的存在，也许应该说，具有不同的解剖结构。"

"你什么意思？"我问。

"你和他们，"那意大利新闻记者说，"是由完全不同的黏土造成的。我只能想象，你是由什么造成的。"他补充说："但我完全肯定，他们主要是由反讽构成的。"

"真的吗？"我愚蠢地问道。

"哦，是的。"他肯定地回答道，"我很清楚，因为这也适合于我。反讽崇拜信仰，但是这并不十分公平；实际上，这是一个关于生与死的问题。对于反讽来说，崇拜是最舒服的策略，是攻城略地最完美的火炮。"

接下去，我们谈了一些别的事情，但是，在与我告别的时候，那意大利人补充道："顺便说一下，你知道吗？在监狱里，甚至魏尔伦，也成为一个信徒。"

他笑了。那笑里，很可能又混合了一种狂热的傲慢和柔软的胆怯。我再没有遇见他；提香的列车开走了；丝绸衬衫飘远了。几个月后，有人告诉我，那个意大利人病危了（他得的是一种在礼貌社会很少有人直说的疾病——提到那个病的名称，往往是一阵沉默和装出的悲伤），然后，他告别了他的职业和公共生活。

当我们在宾馆的餐厅交谈时，他握着一杯法国白兰地，把玩着，摇晃着，仔细瞧着那光亮的黄色液体。我感觉，这个男人是提香的化身。我知道他既崇拜我又不能忍受我。我吸引着他也排斥着他。我摧毁了他的哲学体系，我与他的怀疑主义不相容，我是一个特殊的存在，不适合于他的植物学、动物学或人类学，我甚至不愿提及神学。我们静静地坐着。有一会儿，我们体会着彼此之间精神的分歧。我感觉到他的深刻的二元性（深刻，得体，绝对）。我想，被我的完整性的光环、被我锤炼于历史熔炉的完整性，征服了他。

最后，他站起身，也许认为这种具有存在论特质的光芒不可多坚持一秒钟，就会成为一幅可怜的讽刺画，成为一种奇怪的偶像崇拜，然后用那句关于魏尔伦的尖锐的话语，与我道了再见。

他不可能猜到，我已经感染了那种矛盾的情绪。那在明暗之间不停转换的过程，矛盾性的并置，已经开始在我身上发生。我渴望简单和同一性，但是这种渴望本身却不乏欺骗性，并且事实上，也是一个不可避免的变异过程。

我无法思考这一点；我宁可滑进其他领域。我在乡愁的尖锐痛苦里寻找安全。我看见松树林，树枝在阳光里颤动，仿佛被耐心而美好的渴望驱动。尘土在树枝间飞扬，如秋天的松树和冷杉的精灵。（这里却没有那样的森林）一只喜鹊懒洋洋地飞行。青草有一种秋天的苦味。受群鸟（黄鹂）之歌的鼓舞，蜘蛛吐出又长又直的丝，然后在那上面数小时地荡秋千，像小孩子一样。我看见花楸浆果，全然没有意识到它们有多么迷人。我看见乡村公路，樱桃树一路摇曳，消失在庄稼之中。但同时我也看见朋友们的脸，他们已经不在世上——他们明亮的眼睛、高贵的姿势。我看见他们在大笑。我们骑着自行车，短途旅行。我似乎从上方看着他们，从鸟（不是老鹰）的视野里看见他们，五个人组成的骑行者小组。在他们眼前，是漫长而自由的一天。在他们面前，是一条沥青路，如莫比乌斯带①巧妙地卷起，而他们不必知道，因为山峦、森林的林冠似乎已使他们相信了天长地久与

---

① 莫比乌斯带是一种拓扑学结构，由德国数学家、天文学家莫比乌斯在1858年发现。

不变的忠诚。

另有一次：山楂树、雨、发烧。我感冒了，体温上升；所有物体好像都在不可思议地发光。我们坐在阳台上，坐在明亮的玻璃屋顶下，屋顶的雨水不停地流淌。不远处的花园在雨幕下几乎已经看不清楚。花园！古老的花园，常常被忽略，受到荨麻、杂草、枫树和水曲柳不断的侵害。树林也在向花园渗透。山楂树丛也在扩大地盘。在家里，曾经有过没完没了的争论，是否应该将它们铲除，因为花园已经不像一个花园（但也没有别的花园），或许应该留下，毕竟它们已经长大，而且已经属于一个草木的大家庭。

那是在九月，下雨的傍晚，将要沉落的太阳发出怯生生的光，山楂树深黄色的果子——坚硬、密实（似乎无用，但是有人说也可以用来酿酒）——成为那一刻的女主角。它们组成的阵列闪闪发光，像被太阳羞涩的反射光镀了一层金，于是没有人怀疑，它们应该被保留下来。

那时我握住她的手。对于我们，那是完美无瑕的结合——我在后来徒然地想到，那就像是我们之间缔结的《凡尔赛和约》。这个比喻并不牵强。两者都是开始于花园，结束于战争、关系破裂、一个惩罚。迫于外部的不断压力，她退却了。他们频繁的骚扰彻底改变了一个非凡的女人。那些丑陋、可怜、通常缺少教育的人，却是极其相信他们自己的，就像每一个懂得谦卑的身体秘密的人。哦，幸福的传记作家！

他去睡觉时枕头下常常压着一本关于我国历史的教科书。而在早晨，他常常准备解开最难解的谜语。然而，我知道，我们的破裂，不需要警察和他们麻脸的信使——他们浪费了太多的汽油（从不关引擎，似乎相信行动的每个细节都具有持久的象征意义）。我们之间发生的一切，足够说明问题了——一次常见的故障，传记作家却错误地归之于我，将那说成是一个正直男人"苦涩的"胜利（"苦涩的"——他惯用的一个词）。

还有一次：不，没有什么可多说的了。即便完美的思乡机制也会拥堵，使精心保留的"记忆影音带"（足够放上一些日子的），在反映我人生经历的投影机上无法运转。

另有一些事情，我也没有告诉那个意大利人：两相冲突的矛盾情绪，不仅钻进了我居住的领域，我甚至还开始喜欢它了。那里面，存在有某种聪明甚至堪称绝妙的东西。多亏它，事物开始翻倍，开始说话；多亏它，细微的差别和阴影消失了；甚至怀疑主义也对我有了吸引力。我偶尔会喜欢一个人的玩世不恭。当然，这些不算什么，不过是一些心理的变化、嫉妒心的萌芽——就我而言——它们被囚禁在一个不可腐蚀之人的肉体和良心之中。因此，这与一个五岁男孩的情况不同。我开始着迷于无所不在的伪善和腐败，当然只是作为一个观察者。于是在这个过程中，我向自己提出了一个纯学术性的问题：我一直在享用一些较好的果子，如果我试试那些更坏的果子，那会怎样？

每个信仰，我想，都是一种运动。朝向某种东西的努力，都是能量，就像湖面掠过的一只船。船停下来时，那又怎样？马上就等同于静止的东西，等同于静止、懒惰、发霉和腐烂的东西。的确，运动是更为激动人心的、纯洁的、高贵的。没有人知道运动来自哪里；然而，关于它，却存在某种不可解释的东西，狂热和先验的东西。也许，更多的真理包含在那静止、冷静和惰性的事物里。那里至少不存在伪装。黑暗不会装作光明；沉默不会假装是一个交响乐团。

我仍坐在大桥的台阶上，在高出街面的地方。我产生了一个念头：我来到了高处，虽然我还有一些卑微的想法。我可以检阅游行的队伍。当然，就在片刻之后，沿着这条运河，一只孤独的耗子出现了，平静地向前，朝着灌木丛方向（灌木丛一侧被霓虹灯照亮），然后，跑进了深深的黑暗。

远远地，教堂的塔钟撞响了，发出报时的钟声，缓慢而庄严，仿佛在吟唱一首我们共知的旋律。另外某个地方，汽车突然刹车，尖叫的声音，如一声爆炸。

我起身走路。似乎有闪电划过空中。我步子均匀,好像已经知道怎样走到酒店。道路很长。我走在一个公园附近,栗子树还小,潮湿、长着五根手指似的叶子,互相拥挤着争抢氧气。有一会儿,我走在最平常的资产阶级的街道上,那么平静,甚至听得到居民睡梦里的呼吸。他们都穿着睡衣,在每个人头顶,闹钟如斯芬克司,步伐严峻穿过夜的旷野直到零点。那时睡梦里的居民可能被嘶嘶响的钟声叫醒,在半个多小时的时间内聚集在人行道上,如盟军集中在诺曼底海滩。稍后,教堂出现在我的右边,哥特式的高窗,被岁月熏黑的墙壁。教堂被街上的铁栏杆隔开。在小花园那里,一棵年轻的柳树来回摆动。左边是铁路,在铁路上方,一个工厂的建筑物上装饰了一排时钟,每一个时钟指示着不同的时间。

我继续往下面走。我知道,一分钟后,我就会走在大路上。我只须再穿过一条不长的街道——这条街的作用,就像一个破折号连接着两个句子。此时又有了灯光:大街上仍然五彩缤纷,犹如一个枝形大烛台。那里不再有人群。椅子和桌子正被折起,穿橙色工作服的男人在清扫人行道。再没有希望和期盼的氛围了。明亮的广告灯箱已经熄灭,商店关上了木窗或锡制百叶窗。在一个餐馆里,一个黑发油腻的男人站在柜台前点数钞票。他的热情就像一个只在夜里工作的数学家。最后一批顾客正准备离开酒吧和餐馆。他们摇晃在街上,走进米黄色的出租车,虚弱地坐到后排,用疲倦、漠然的声音对着司机说出他们的地址。

我走在路上,步子轻快,什么也不再多想。我毫无困难地找到了酒店的建筑。接待员调皮地向我摇着手指。手指上有一个很大的指甲壳,一枚结婚戒指闪闪发亮。

"我们正为您担心。"他疑惑地说。又补充道:"外面在下雨吗?"

"下雨?没有。"

"天气预报说有阵雨,气温会下降。您晚上过得开心吗?"

"我迷路了。你也许不相信,但我真的完全迷路了。"

"哦,这事经常发生的。"接待员兴奋地说,"您知道为什么吗?瞧。"他指着玻璃台面下一幅城市地图:"这事多次发生。您很可能走着,思考着,一点也不怀疑。这个城市建在一个右倾的角度上。哦,不,看看这幅地图,巴黎是一个有锐角的城市!"

的确——那些街道环绕在广场周围,就像铁屑被磁铁吸引(粉红色区域的珊瑚礁,是很难纳入这同一幅地图的)。

"有您一封信,先生。"

我看了一眼信,它提醒我出席一个新闻记者招待会。

"是的,当然。"我咕噜着。

我住在顶层的房间。闪电越来越密集。我知道,到时候,我会带着对自己使命的确信和信念,一如平常地讲话。在我沉入睡梦时,像一只紫红色的公鸡,暴雨进入了城市。

第三部分　新拉鲁斯百科小词典

两本书

请从弗里德里希·尼采的作品集里找出第一卷,其中,集中在"不成熟的解决方案"名下,有四篇早期作品。在这里,我们发现,在他著名的随笔《亚瑟·叔本华,一个老师》之后,是一篇不太广为人知的文章,它抨击了历史和历史主义(《历史的用途与滥用》)。

年轻时候的尼采,强烈地谴责历史主义,认为它是一种毫无创造性的立场。他转而主要反对德国人(也许很难找到另外一个哲学家,较之尼采更多地反对德国人)。他还注意到"本能"的消失,本能被他称为"神圣的动物"。

我们会想起,作为古典语言学者,尼采接受过扎实的教育。他对历史主义的猛烈抨击,似乎源于一种内在的矛盾,此为这一专业独有的特点。尼采的老师——蓄着胡须,沿莱比锡的街道和公园若有所思地漫步的大学教授,穿黑色的西装,和同样黑色的鞋子。他们熟知关于荷马、品达、希罗多德、埃斯库罗斯和索福克勒斯的一切。晚上,他们回到各自的公寓——挤满了家具——吃点德国酸菜。他们是为人正直、节制的小资产阶级的典范。这种研究者本人与其研究对象之间的反差,不可能再强烈了。他们所研究的英雄人物——神奇的诗人、欧洲文化的立法者——像一些巨人,而研究者却不过是一些依靠字典、耐心和无限的时间武装起来的侏儒。他们好像研究火山的专家。然而,他们研究的东西,其火山的性质一点不少。他们如何区别于莱比锡其余那些正直的市民?没有区别。在秋天的雾里,他们身穿双排扣的长的礼服,缓缓走动,就像衰老而疲惫的大象。

年轻的尼采不能忍受如此的琐碎,不能忍受古典文献学教授惊人的博学与小地方的凡俗之间存在的反差。"生命，"他说，"需要起舞，就像其他人一样舞蹈。"这些呼吁，自然都被忽视，未能引起注意。那些笨拙、近视的教授，也不会变成希腊人。尼采也不会，他喜欢大嚼由他的母亲打包送到面前的香肠，经过一次变形后，却成为阿波罗。

但是，尼采感觉到了，在系统的、实证主义的历史主义和充满幻想的雅典之间存在惊人的反差。他为生活辩护。后来，这成为他哲学上的强迫症。然而，年轻的尼采，暂时对根植于实证主义精神的、关于历史的迂腐见解还能做出动人、健康的反应。

然而，尼采的随笔却走得更远，它差不多导致对历史主义的废弃，对记忆的贬低。历史记忆对于他来说，似乎就是创造性的对立面。一个生活于此时此地的人，他的创造冲动，在遭遇过去时代的伟大模式时，可能被弱化。被用尽的、寻常的过去，如一棵树，在它的阴影里，只有导致天才枯萎的致病菌。历史则只有一副充满恶意、破坏性的面貌。

现在，请取出另外一本书，兹比格涅夫·赫贝特的《花园里的野蛮人》。其作者也是一个年轻人，来自华沙的三十多岁的诗人，曾在法国和意大利旅行。这个漫游者，住便宜的旅馆，很容易就满足于尚能越过森严的边界——那时边界被戏剧化地、被隐喻地形容为"铁幕"——他不知疲倦地参观意大利和法国的城市，仔细观察大教堂和博物馆、绘画和雕塑，然后草草记下他的印象。他从未产生过对于历史主义不满的念头。恰恰相反，他对历史——和历史主义——的感情，通常是温柔的。历史性的记忆，尤其是其可爱的组成部分（已被保存在艺术作品里），在他看来，是最富于生命力的某种东西。

《花园里的野蛮人》的作者，他并没有这样直说，但敏锐的读者肯定会注意到，他在锡耶纳和阿尔所专注的兴趣，甚至因为那种政治—警察性质的环境，显得尤为强烈。一个来自华沙的年轻人，获得护照并不容易。他的国家——较之意大利和法国，在教堂建筑和绘画方面，是多么贫乏啊——它们大多毁于残酷的战争。尤其糟糕的是，发动了对于记忆的战争。由于它对新近宣布的乌托邦不够确信，就像一个疯子，将最珍贵的财富，从十五楼的窗户扔了出去。

无论是谁，如果他没有经历过此类事情，就不能理解人们的蔑视，对破坏历史的行为所持的、难以置信的蔑视。古代、中世纪和文艺复兴时期，在教科书里，被描述为充满错误、胡说、误解和罪行的时代。这也许不算最坏的描述，如果它的目的不是为了对统治制度进行更具奴性的美化和赞颂。

赫贝特以最大的爱，谈论古老的绘画作品。这种爱，延伸到记录人类工作、存在的整个客体世界。路人反复经过的石阶，被侵蚀的精致拱门。中世纪天使的微笑。锡耶纳的小咖啡馆、长椅、房屋、广场。

无人可以指责赫贝特过于天真——他也写下过献给阿尔比派教徒①的章节，而且，他们被消灭的事实表明，历史也不仅是艺术的领域，同样不乏刽子手。只可惜，即使那样残酷以及相应的痛苦，它们也无法借助绘画艺术，或任何其他类型的表现形式，将它们自身呈现出来。那种残酷，记录在编年史里；那种痛苦，却与最后一个牺牲者的叫喊一同消失（除非我们信任画家那些描述基督痛苦的绘画，相信他们体验的真实性）。

赫贝特接受历史结构和痛苦的二元性。他知晓，那样一个记忆被清算或被大量切除的世界——这也就是为什么，《花园里的野蛮人》可被解释成一个人复活的记录，因为他近距离接触了那些灿烂的小城、那些历史的容器。

对于尼采，记忆的载体是那些穿黑色礼服的人，它已成为某种畸形、麻痹、压抑的东西。赫贝特表达了一种现代的感性，来自于国家

---

① 1202年至1250年盛行于法国阿尔比地区的基督教派别，在13世纪被诬为异教徒而遭镇压。

公民的敏感性。在那样的国度,红领带取代了双排扣的黑色长礼服,低级谎言代替了基于实证主义的历史博学。

在十九世纪的下半叶,历史可能是一种诅咒;在二十世纪的下半叶,回溯古代、近似神话时代的历史记忆,可能会给漫游的诗人带来兴奋。

出于类似的原因,我们这一时代的另一些作家,认为记忆高于其他文化的价值和优点;将一切尊重,都归于记忆(以及那些赞美记忆的作家)——然而,我想说,不应给予它如此高的地位。它显然配不上垄断或独裁的地位。记忆是文化创造不可或缺的组成部分,但是,这是不是等于说,记忆比创造性表达本身,更是记录和保存了创造性活动?创造性元素的特征,通常与记忆少有共同之处。比如,创新和反叛:两者都是敌视记忆的。在创造性活动里,也存在某种本质的、漠然的"我不知道是什么"的东西。它的特性,并不借助自身来说明。也正是这个东西,将黏土转化成雕塑,将词语转化成诗歌,将自然的沙沙之声转换成音乐。然后,才是记忆,以及在想象的时刻之间建立起的桥梁。这是多么重要和必要。然而,一个人想要建造一座桥,他还必须首先——一个小细节——来到一条河的跟前。

克拉科夫

太美的城市往往失去其独特性。那些专为旅游者收拾一新的南方城市,让人想起的更多是富于光泽的广告照,而不是接近自然的人的定居点。丑往往造成独特性。克拉科夫可不愁缺少不幸、沉重、让人悲伤的地方。

紧邻着文艺复兴时期许多明亮街道的,便是幽暗、几近黑色的峡谷，蜿蜒着经过十九世纪的城市住宅。蓝色有轨电车、卡车、穿着冬季外套的恍恍惚惚的行人，以及裹在长袖厚衣服里的村民，都从这峡谷通过。然而，两英尺之外，就能看到一条条通向老城广场的明亮而优美的街道。

类似地，神经细胞也如此服侍我们的大脑中枢——我们生理机制的第一主人。同样，在中世纪的修道院里，熟记亚里士多德种种条约的僧侣们，在他们日常、艰难而实际的生活中，也会得到有着健康肤色和一双强有力大手的僧侣的帮助。

这些令人感到沉重、外表难看的街道是：德卢伽、克拉科夫斯卡、斯达罗维纳、什维日涅茨基（且不提维斯瓦河右岸的波得格热兹）。正是在德卢伽街，我找到了做学生时最初的寄宿处。

十八岁，被大学录取，我来到克拉科夫——从西里西亚的一个地方城市格利威策。我在那里度过了童年、青少年时期。我的家庭被驱逐，从那个神话般的东方城市，利沃夫。我的整个童年，都在向往失去的利沃夫中度过，打下了这一标记，虽然离开它时，我只是四个月大的婴儿。我来到克拉科夫，仿佛一个朝圣者，开始了一段朝拜神圣之地的朝圣之旅。克拉科夫是一个真正的城市。

我到达克拉科夫是在十月份。下过一场斜斜的冷雨之后，天很凉。大学还没有开课，所以我有的是时间。我长时间地在整个城市里行走。作为一个害羞的学生，我不敢走进商场、书店或博物馆。暂时，我只是从外面打量着一切。一扇扇大门紧闭，窗子里闪现出电灯温暖的黄色光亮。

在我心里，既没有嫉妒，也没有厌恶，也没有无产阶级的愤怒。我的内心充满惊讶。看一眼某个书架的边沿，就已经让我颇感满足，心想：一个哲学家、智者或有名的作家，也许就生活在这里。

我取道德卢伽街去往普兰蒂公园，可能再绕普兰蒂公园走，尽管那些小路，常被一层秋天的潮气与秋风扫落的腐叶覆盖。

普兰蒂公园隔开了两类街道，"幽暗的"和"明亮的"，而且，它仿佛一道堤坝，筑在郊区的昏暗水域和城市中心的干净水流之间。在夏天，苍翠的树木——白蜡树、栗树、榆树、菩提树，甚至悬铃木（它在波兰属于罕见的树种）——形成一道浓密的天篷，聪明的鸟儿便在其中筑巢。但那时已是十月，树冠已显稀疏。

我恭敬地望着修道院花园的重重外墙，它们占去了城市中心不少的空间。慢慢地，我发现一个事实，可以从两个小山丘，即科希丘什科山和波得格热兹地区的克拉科斯山，瞭望那一座座教堂。克拉科夫的教堂让人想起鳞次栉比出航的大船。从科希丘什科山上看，它们的船头面对着观看者（因为教堂是依东西向的中轴线而建筑的）。从克拉科斯山上来看，却只能看到教堂的中殿，圣所的宏大结构体。而且看起来最大的并非圣玛利亚教堂，而是圣凯瑟琳教堂和考帕克利士提教堂①。

它们紧邻着航行，拥挤而壮观。它们的海洋是那些城市的屋顶、各自独立的塔楼和圆形拱顶。倾盆大雨之后，太阳从紫云里浮现，它们就在阳光下若隐若现。

从克拉科斯山上看，城市似乎模糊了那存在于丑的事物与可爱的事物之间的差别。倏忽之间，一切似乎都有必要。黑暗而沉重的街道化为一道道波浪。教堂本身成为某种笨重的东西。我们不是身在意大利。大船来自遥远的地方。

我花了大量时间注视书店的橱窗。我记得，有一次，我站在一家从前的法理书店橱窗前（那时我还不知道它叫什么名字），书籍和唱片陈列其中。来自外省的一对夫妇，一个乡绅模样、上了年纪的男人和他的妻子，站在我旁边。那位乡绅指着勃拉姆斯第四交响曲的唱片。那是非常难懂的音乐，他对他的妻子说。

我被带入一阵阵狂喜：在我的音乐漫游里，我并不孤独。那一瞬间，勃拉姆斯第四交响曲将我们联结在了一起。我立即从那橱窗的陈

---

① 考帕克利士提教堂属哥特式建筑。"考帕克利士提"意为基督圣体。

列物抽身而去,然而,却是为了继续我的旅程,朝着瓦维尔黑压压的人群方向。我沉浸在对城市的崇拜中。我行走的时间越来越长,但我总会返回到城市的主广场。

我走的一条小路,便是沿着维斯瓦河岸边,一直往上游而去。在我左边,是被秋天的锈菌所覆盖的花园小块土地;在我右边,是平静流淌的维斯瓦河。我能看见对岸的船埠,还有学生——即便这个季节,在阳光明媚的下午,仍然穿着运动衫。他们就像一些形体庞大的棕色昆虫,准备着他们的龙舟会。我终于来到了这座城市。在这里,我得以近距离观看它的圣诺伯特女修道院的意大利风格建筑。

我也到布隆尼地区宽阔的地方漫步。有时候,大雾弥漫,掩盖了克拉科夫市中心,我就仿佛置身于乡下,在一片空旷的大草地上,独自一人。

从布隆尼穿过乔丹公园,我就到达了一月十八号街环绕的相邻地区。这里曾经是,现在也是一片安静、庄重,有着知识分子阶层的住宅区。这里,似乎每个过路人看起来又都像是一个画家或演员。

我常常在周末去教堂,那时那里却空无一人,除了两个跪在圣坛前,与耶稣低声交流的老妇。

有人告诉了我一家知识分子往常光顾的便宜自助餐厅。还有人告诉了我大主教住宅所在的地方。我自己找到了几个大戏院和文学期刊编辑部的建筑。我猜测出城市交响乐团的所在。这座建筑物,至今仍由交响乐团的管弦乐队使用着,样子难看且功能受限——如果演奏慢板乐章,没有不被从附近经过的电车轮子产生的刺耳噪声破坏的——但即便如此,交响乐团还是给我带来了极大的陶醉。

从那时起,我就生活在克拉科夫,度过了差不多十七年的光阴。曾经的狂喜消散在日常的生活里。我逐渐认识了一些本地的杰出人物、艺术家、学者、编辑。我不能说,我对他们所有人,幻想都开始破灭,但的确很少人符合那最初的幻想。那些艺术家经常喝得酩酊大醉;而我无法理解这点,我认为凭借灵感的精神就应该足够。那些学者都非常谨慎。编辑们察言观色。他们在开始谈论政治性话题时，全都压低了嗓音。某种罩子似的东西悬在城市上方。我感觉像一个旅人，因为一个米诺斯①似的牛头人身怪物，被它的威胁，重重地绊了一跤。

然而，谁也不能谈论这个弥诺斯。当然，我也不是什么也不懂的漫游者，来自某个乌有之地。同样，我也感染了集权主义的疾病，除了我是来自偏僻的地方，度过了一无所是的童年。这也就是为什么，我处在一个特别的位置，观察那种充满危险、反复无常、苟且妥协的奇怪氛围。

正如我们现已知道的，这种情况已经改变。但是，这并非我想说的；我想谈论的是，离开七年之后，我在一九八九年六月回到了克拉科夫。在这七年当中，我到过西方许多富庶的大城市——巴黎、纽约、斯德哥尔摩，我见过波士顿、旧金山、阿姆斯特丹、伦敦、里斯本、慕尼黑。我不是在此自夸，因为没有什么好自夸的（如果其人并非一个城市建筑师）。我说到这一点，只想说明，我是作为一个厌于观光的旅游者，回到了克拉科夫。

是的，克拉科夫的许多事物，现在看起来仿佛已很渺小而褊狭，贫穷而不起眼。旧大戏院的观众厅，我曾经在那里感受过戏剧带来的巨大战栗，如今已显得小了。在我的记忆里，它是非常宏伟的；实际上，它并不太大。

现在我走在克拉科夫的大街上，想弄清它究竟变得有多小。但是不久之后，十分意外地，我又找到了以前我对于这座皇家城市所抱的那份崇敬。正是在徜徉于克拉科夫时，我同时感到了它的渺小与伟大、僻陋与辉煌、贫乏与富有、平凡与超凡。我能确信的只有一件事：普兰蒂公园的树已经长高。我对这座城市的崇敬，虽被怀疑打了

---

① 米诺斯也译作"弥诺陶洛斯"。希腊神话里的克里特岛国王，是宙斯和欧罗巴之子，拥有人的身体和牛的头。

折扣，但这里的树却长得更加蔚为壮观，甚至更加真实了。

在图书馆

我在一座大型图书馆里。我从一册《济慈书信集》中抬起眼睛，看了看我身边的人，其他读者。他们主要是学生，男女都有。（因为我已经四十岁了，他们之于我就像是孩子；反过来，我在他们眼里就像一个老人，一个年长的市民）

女人们每隔一会儿就打开她们的梳妆粉盒，在小镜子里检查自己，像是要看看她们与文化的联系是否恶化了她们的脸色。图书馆位于巴黎。很多人都带有塑料瓶装的矿泉水——埃维昂，或沃维克，或维希——最后这种牌子有着与外国人的历史性联系。

学生们都埋头书本，从书中抄下长长的、没完没了的引语。笔记本的纸页在笔芯下开始卷曲，仿佛被火吞噬。诚然，我们生活在一个计算机的时代，但学生们还在将长长的引语转移到他们的笔记本上，就像他们还生活在中世纪。

长长的引语。我从某个人的肩头看过去。"后现代主义。""一种反讽的手法，怀疑在其中不落痕迹。""对过去的一种悖论式态度。"或者，略有不同："历史，作为主体和品味、语言与感性的无形独裁者，已经接管了欧洲的头脑，而它统治的标杆就是维柯、荷尔德林的友人黑格尔，和一个鲁莽的科西嘉人，生在一个岛上，死在一个岛上。"而在另外一本笔记本上，我看到下面的引语："诗歌只活在语言中；诗的工作就是最卓越的语言的工作。我们无法想象一首诗超出语言的中介，就如我们无法在波士顿听到夜莺。语言不仅是诗的载体，就如自行车不仅是自行车的载体。"

还有以下的话，出现在另外的笔记本上："有产阶级不仅生产黄油和枪支，同时也带来越来越多的精神的创作。最后，他们甚至准备好了生产对于自身的激烈批评；总之任何能够在市场上出售的东西，包括对他们自身的冷嘲和蔑视。"

忽然之间，我意识到，我充当了一个重要事件的见证人。观念，书本里表达的观念，在这座图书馆里，与读者的思想结合在一起。

观念，书本里表达的观念！说起来，我也认识一些书的作者——我在大大小小的会议上遇见他们。我跟他们相熟（毕竟，我也写书）。这些人通常都很害羞，被怀疑弄得疲惫不堪，经历了长长的沉默、沮丧、空虚的发作。当他们出现在某个国际会议的场合，在被要求发言时，他们往往对自己的意见不太确定；他们中的很多人开始口吃、出错，推来推去不愿说话。他们期待着讨论、反应；无论何时遇到反对或批评，他们都随时准备改变他们的思想。他们富于弹性，今天说"是"，改天说"不"，第三天他们感觉到这就是完美的辩证法。

他们喜爱悖论，他们喜爱令他们的听众吃惊。当然，他们是在寻求真理，但是，如果在通向真理的道路上，偶然遭遇什么醒目的悖论，他们就忘记了他们漫游的目标。他们将自己锁进研究，从大堆摇摆、易变的思想和印象里，做成一本本书——它们迅速成为某种最终的、无可挽回的东西。

然而，学生们对于那些刁难过作者的疑虑一无所知；就像中世纪的抄写员，学生们所做的，就是将作家的观点转移到折叠的作文笔记本上。这只是一个特定的时刻：正是在这样的时候，观念，随意、冒险、神经质地表达出来的观念，成了法律的象征。

我看着男女学生们如弓一般埋着的头。我看着快速移动、记录观点的铅笔、钢笔和圆珠笔。我看到学生们对于书本无限的信任。观念成了一座牢房。它们具有了法律的权力，如列宁颁布的命令一样具有法律约束力。而且，不只是印刷物，而是黑色、蓝色的墨水摇动的景象，赋予了种种观念以超人的力量。

我看着学生们。我想着书籍和它们的作者。我现在是自由了。

诗歌未被揭示的玩世主义

内心世界，这诗的绝对王国，它的特征即在于其不可表达性。它就像空气，其中当然存在真理、张力、温差，但主要特征是它的透明。那么，如果不考虑其不可表达性，而它要想尽一切表达自身，内心世界会做什么呢？它使用技巧。它假装对永恒现实感兴趣，呵，非常感兴趣。一个伟大的国家衰落？内心世界是狂喜的：有了客观目标！死亡出现在地平线？内心世界——它认为自身是不朽的——便激动地颤抖。战争？好得很。苦难？棒极了。树林？盛开的玫瑰？更好。现实？好极了。现实简直不可或缺；如果它不存在，那就不得不发明它。

诗歌试图欺骗现实；它假装认真地对待现实的烦恼。它故意摇头。哦，它说，又地震了。又有不公正。洪水，革命。又有人到了老年。

诗歌害怕它的秘密被揭示。有一天，现实注意到诗歌之心是冷漠的。诗歌根本没有心，只有一双大眼睛和一只完美的耳朵。现实将突然明白，它只是诗歌取之不尽的隐喻资源，而它会消失。诗歌将独自留在世界上，沉默，空虚，悲哀，不可传达。

身处巴黎的本质论者

一

恩斯特·荣格尔①的巴黎日记构成了一本书，或者一套丛书，这确实是令人惊异的。让我们重温一下我们的记忆：荣格尔，作为一名作家，以歌赞第一次世界大战战壕里的士兵的英雄主义，开始其文学生涯，在二十年代则一直追随国家—布尔什维克主义的种种理论，也就是说，因此使他成为一个激进的民族主义者；然而，后来却成为坚定的——慎重地讲，也是——纳粹的反对者。三十年代，这个"行动之人"的钟情者，开始宣称自己站在纯粹沉思的一边。他在一九三九年出版了长篇小说《在大理石悬崖上》。这部作品被阅读它的富于思想的读者，视为反对纳粹绝对权力的一种微妙宣示。

在巴黎，荣格尔发现自己穿上了纳粹德国的国防军队长制服，介入到针对巴黎的短期战役。他被派遣到位于法国的军区司令部，那里不久成了一批反希特勒密谋者的总部。

如果说战争给谁带来了快乐，那个人便是荣格尔，至少在开始阶段（因为在最后几个月他失去了心爱的儿子）。这位奇特的观察者，十分熟悉历史、植物学、矿物学和密封科学，被投入到巴黎，这个从文明方面看最为富有的欧洲城市——如果不算罗马的话。当其他人作战时，荣格尔在旁观。巴黎成为他要破译的一本书，一本关于植物、

---

① 恩斯特·荣格尔（1895—1998），德国作家、哲学家。早年有军国主义倾向，20世纪20年代末期成为和平主义者。

昆虫、矿物、绘画与壁毯的书。巴黎是他的标本册,他的植物园,他的梦想之书,一个可作地质发现的矿藏,一个旧书店,一间声名不佳的宅子,一个图书馆,一幅地图,一部天文图册。

他长时间地漫步和观察。他甚至在傍晚和深夜也出来行走——在宵禁期间,巴黎人那时通常被判软禁在家(而电视在那时还没有发明出来!)。

就像一个旅行者在一个陌生的国度里,他一边步行,一边留意着他钟爱的树种——比如,紫荆树——以及各种罕见的矿物和昆虫。他也追踪人的标本。他注意到虚无主义者,他们全都着迷于世界的毁灭。塞利纳①尤其突出,指责他在晚会上结识的德国人不适当地迫害犹太人。

荣格尔视世界为一个无限多样性集于一身的整体,其中有着不可胜数的物种、种类和等级、典型、个性与例外。现实是复杂和多层次的,但整齐有序。瑞典植物学家林奈成为荣格尔最了不起的精神权威之一,绝非偶然之事。荣格尔投身沉思,并不狂热,也不任性而为;最理性的分门别类的时刻,与审美愉悦的构成要素,紧紧相邻。发现一种植物的拉丁语名称,往往成为热爱沉思这一行为最高的荣耀。同样的情况也发生在矿物领域。有时,也发生在对人的研究方面。

荣格尔热衷于分门别类。他真诚地相信世界是严整有序的,"植物学的头脑"并非要将其术语编织的网络,强加在奇特的现实之上,毋宁说是,借助典雅的拉丁语,企及了事物隐秘的结构。因此,人也应被分类、区分。啊,即便先民们也曾系统阐述了关于气质的类型学呢。

然而,他不喜欢达尔文,却并非出于跟宗教原教旨主义者相同的理由——认为达尔文偏离了《圣经》真理——而是因为达尔文将竞

---

① 路易-费迪南·塞利纳(1894—1961),20世纪法国最有影响的作家之一,然而他也是一个有争议的人物,在1937年及二战中发表过一些激进的反犹宣言。

争、挤对、粗俗的忌妒这些平凡的因素,引入高贵的植物学。达尔文看取自然的方式犹如巴尔扎克看取资产阶级社会。这让荣格尔,这位不放过蝶翅上绯红色的污点、秋天玫瑰的品种之间细微差别的鉴赏家,大为不悦。

关于隐秘、有机的秩序的观念,构成了荣格尔对于世界全部设想的智力核心。糟糕的是,这有时会引起这一观念的普遍意义与普鲁士国家遗产之间的混乱。直到二十三岁,荣格尔还是普鲁士国王治下的一个臣民,并且一直热情地保持着对它的君主的忠诚,认为他值得拥有一个更好的王国。

因此,荣格尔喜欢的时代,不是一个蒸汽机车的时代,而是那个炫耀假发的世纪。他从十八世纪看到了思考宏大整体的传统的衰退,其时信仰与理性、自由主义和保守主义,还没有在充满仇恨和党派偏见的争斗中发生冲突。出于这种想象出来的传统,荣格尔首先选择了一种贵族的、平静的文体风格。它源于对世界的深奥知识,假定世界是可以被认知的,而且它的每一领域,都有一个自己的林奈。

他阅读圣西门和让-弗朗索瓦·马蒙泰尔①、安托万·里瓦罗利②(此人他进行了翻译)和埃马纽埃尔-约瑟夫·西哀士③。他涉猎广泛。他无所不读。他阅读瓦西里·罗赞诺夫④、莱昂·布洛瓦、安德烈·纪德,以及有关海上灾难和遇难船只的命运的书籍。他研究《圣经》和普洛费立叶神父一八九五年的著作《日本教会的殉难史》。他定期光顾位于波拿巴大街的旧书店与俯瞰着塞纳河的、毫不张扬的书

---

① 让-弗朗索瓦·马蒙泰尔(1723—1799),法国史学家、作家,百科全书派学者。
② 安托万·里瓦罗利(1753—1801),法国作家。在法国大革命期间发表大量新闻评论,以讽刺警句闻名。
③ 埃马纽埃尔-约瑟夫·西哀士(1748—1836),法国天主教会神父,法国大革命、法国执政府和法兰西第一帝国的主要理论家之一,法国督政府督政官、法国执政府执政官。西哀士的《什么是第三等级》成为法国大革命的宣言并促使三级会议成立国民议会。1799年,西哀士煽动雾月政变,将拿破仑·波拿巴带上权力顶峰。
④ 瓦西里·罗赞诺夫(1856—1919),俄国极具争议的作家、哲学家。

报摊（昔日那些笨重的木围棚，时至今日，仍在河边林荫大道的石质栏杆之外，就像一些巨大的多孔菌围绕着一棵枫树干）。他阅读龚古尔兄弟的日记和陀思妥耶夫斯基的小说。他什么都读因为他什么都想知晓。或者倒过来说，他什么都读因为他什么都知晓。他的阅读，就像一个富豪做出的手势，出于礼貌，问他的佃户今年的收成如何。尽管关于这个话题，他早已形成自己的观点。

超现实主义者的确也寻求知识，但却是一种非理性的、狂热的知识，源于一种麻醉状态。奥尔德斯·赫胥黎也表达过对于狂热、令人麻醉的知识的称赞。荣格尔一点也不轻率地对待这些断言，他甚至还详细描述了自己在麻醉药方面的体验。不过，在他的写作里，这仅是其宏伟大厦的厢房之一。在这个大建筑里，理性并不被剥夺它美丽的房间。

一个不曾偶然读到过荣格尔作品的人，也许会惊讶地说：这是多么非凡、罕见的一个作家啊！他为何不更广泛地为人所知？他为什么去斯德哥尔摩旅行？为什么我们生活在这样一个时代，徒劳地寻求真理，甚至不知精神秩序为何物？你对我们讲了这个作者的一些信息，他发现了这种秩序，而你平静地谈论这一点，仿佛只是在评论一个初出茅庐的诗人的书，却没有把他作为一个具有惊人才能的精神大师来呈现。

如果真的有读者在这些问题上指摘我，我应该能够理解他的意图：我本人也很诧异，我对这位颇具独创性的作家无法产生更大的热情。我已经阅读他很多年。我喜欢荣格尔作品语调上的不同之处，他的想象力的不合时宜，他的博学的规模；我尊崇他的风格（也许除了有时过于繁琐的阐述，显得稍微有点学究气和几近自我炫耀）。我主要欣赏荣格尔身上的"非今日性"。他关于现实之秩序的沉思令我尤其激动。我钦佩其洞察事物的力量。尽管如此，尽管隔上这么多年我总要重读他的著作，我还是不能承认他是一位精神导师。相反，他是一个自相矛盾的大师。而且，我还不是在思考其自传性的自相矛盾——美化第一次世界大战（一场荒谬的战争），德国国防军的制服，此前一段军国主义的人生插曲，有关大屠杀的犹疑性的判断——虽然这些自相矛盾之处并非无关紧要。（有时，在他的巴黎日记里，读者偶尔还会发现比自相矛盾更为糟糕的表述，如在一九四三年五月十五日的那则日记下记着："犹太人，总的来说，是非常不讨人喜欢的。"）

最根本的自相矛盾之处甚至埋得更深。从一个触及世界的意义的人那里，从一个已然发现了宇宙秩序的人那里，我们总是期待某种罕见的、白热化的智力上的热情。普罗米修斯盗来了火，莎士比亚提供了《李尔王》。然而，荣格尔的写作却浸透着令人迷惑的冷淡和不可思议的沉默，仿佛这位作家喜爱的观察的科目——也就是，植物学、矿物学以及昆虫学——将一种沉默辐射进了他创作的全部作品。而这种沉默，本是无生命的自然和我们更为古老、赤贫的远房亲戚昆虫身上所具有的特征。

要知晓世界的秩序——还有呢？一个人掌握这些之后应该做些什么呢？应该如何利用这种知识来生活呢？闪烁其词，暗示各种层级的存在物之间的亲密关系，描绘难以置信的无限梦境……如此之多……真的就只这么多？我不想掺和那些总是掌握最后发言权的道德家，他们总是以贫乏的语言，匆忙地宣判每个人都生错了时候。然而，绝对的热情（假定我已经了解事物的秩序）与荣格尔借以度过最难熬的战争时期的那种冷血的谨慎之间存在的距离，不能使我平静，并引起我再次自问：文学，即使是一种裹在华丽的语言和富于创造性、精巧的隐喻之中的文学，就可以抹去真理，虚构自相矛盾的浓浓烟雾吗？文学，只是一件掩盖野蛮暴力之现实的波斯地毯？

荣格尔不是且不能成为精神大师。那些大国家的，在他们自己的历史里经历过种种不道德插曲的作家们，面临着一个非常困难的选择。然而，如果他们认识这个世界，而且比其他同时代人看得更完整，那么，他们就必须做出决定是否能像亚历山大·索尔仁尼琴那样生活和工作。

在这种敏锐和勇气的水准以下，还存在着不少的空间，留给其他更不冷漠和更不巧妙的作家。也不缺少空间，给迷人的文体家和学者，出色地讲述梦的叙述者（通常比他人的梦更为有趣），他们都能以其观察和沉思的花饰，让我们获得喜悦。

二

荣格尔的巴黎日记也是一部相当有违常理的社会编年史：荣格尔所遇到的巴黎艺术圈的典型代表，在我们读来，实际上都自动成为合作者。有谁没有出现呢！毕加索、科克多、保罗·莫朗、布拉克、马塞尔·胡翰迪奥、保尔·雷奥多、让·马莱、萨卡·圭特瑞，① 还有很多人（顺便提一下，萨卡·圭特瑞告诉这位德国作家关于奥克塔维·米拉博②的一则轶事：在临终的床上，米拉博低声说："永不合作！"然而，他并非在说什么反对占领者的话，只是反对使用合作作者来写剧本）。

有一个人荣格尔没有遇见，那就是让-保罗·萨特。其时萨特刚从德国人的监狱释放归来，住在巴黎，并狂热地参与文学和哲学的活动；他对存在主义有着热烈的兴趣，是一个激进的存在主义者。我们只有在将荣格尔看作萨特的同代人时，我们才会在他身上看到一个同样激进的本质论者。

---

① 这里提到众多人物，其中，保罗·莫朗（1888—1976）是法国著名作家、法兰西学院院士，被誉为现代文体开创者之一。布拉克（1882—1963），全名为乔治·布拉克，是法国画家、雕刻家，立体派的主要倡导者和理论家。马塞尔·胡翰迪奥（1888—1979）为法国现代作家。保尔·雷奥多（1872—1956）是法国作家、戏剧批评家。让·马莱（1913—1998），全名为让-阿尔弗雷德·维伦-马莱，是一位法国演员、导演。他也是让·科克多的终身伴侣，写有一本关于科克多的回忆录和一本自传。萨卡·圭特瑞（1885—1957）是法国剧作家、舞台艺术家。

② 奥克塔维·米拉博（1848—1917），法国记者、小说家、剧作家、艺术批评家。

举一个例子便足够：在《恶心》里，读者会发现一个著名的场景，经常包括在各种选集里，描述主角在一个公共花园里观看一棵树的根。那些裸露、潮湿的根，激起萨特的代言人内在的恶心。它们是这荒谬世界的化身。裸露的根象征无意义、陌生感；它们可怕，没有人性。

现在让我们想象荣格尔站在同一棵树前。我们会发现作者在哪里见过类似的一棵树。一个行家多情的凝视，沿着树根和大枝滑行。我会一点点地熟悉作者的观察，这棵树喜欢生长的土壤类型，以及各种喜欢生活在附近的昆虫目录。我们会得知是谁将这树种引入欧洲（如果它来自另外一个大陆），以及是为了哪位皇帝。当然，在这描述的最后，少不了点明这树的拉丁语名称。

对于存在主义者来说，因为他们满脑子都是无限和歇斯底里的意识，这树似乎是一种邪恶和无必要的生物，一个尼斯湖水怪似的怪物。在另一个方面，对于本质论者来说，这棵树在其完全的意义上存在着，构成了自然伟大阶梯上坚固的一级。

在萨特那里，因人的反复无常、选择，以及我们在良心方面的无情清算，这世界是难以理解的。在荣格尔这儿，事情正好相反。这世界变成一个巨大的仓库，充满各种岩石、花朵、艺术品、城市、街道、个性。一种极端的宿命论取代了萨特随心所欲的行动主义。现在存在的东西就一定要存在。所有预言，以梦的语言讲出的预言，一定会兑现。人们行动，凭着命运的指示，而什么是命运，人们并无所知。"它会是一场双目的盛宴，不会缺少壮观的景象"，他在一九三九年春天的日记里这样写道，预言即将来临的战争。未来将像一座冰山一样移动。刽子手将执行处决，技术员将采取技术，士兵们将利用兵法，画家们不会停止画画（当然，除非他们中的谁消失在黑暗的刑讯室）。在荣格尔的壁画中，人的图像与中世纪早期绘画中的人物一样小。

在一九四三年或一九四四年巴黎街道上的存在主义者和本质论

者：双重理性的疯狂。当然，他们谁也不对：无论是主观的、不负责的，只是寻找本真本然性的萨特，还是宿命论的、消极冷漠的荣格尔。矮小、近视眼的萨特，戴着与深海潜水器的窗户一样厚的眼镜；中等身材的荣格尔，具有老鹰一般的视力。

看门人

当我从外面长时间散步回家的时候，看门人说我不再住在这里了。

"为什么？"我问，更多的是惊异，而非惊骇。

"你存在得不够。"他回答道。

"你什么意思？"

"啊，我亲爱的先生，"他继续说，"那些时时发作的悲哀，沉默，忧郁……它们毫无特点。"

"那么，你怎么样呢？"我大声说道，"你根本不存在。你所做的，就是看看报纸的体育版和电视。"

"没错，"看门人同意道，"神圣的真理。可惜我不必存在。我是一个看门人，一个观察者。"

"不，"我反驳说，"我是观察者。"

"你弄错了，我亲爱的先生。"他坚定地说，"不管怎样，这并不重要。我们都是在指望你美好地存在。"

"你的意思是我让你们失望了？"

"最好的证据就是你不再住在这里了。"

的确，我注意到，就在那一刻，新的某人正住进我的公寓。

当我们彼此经过的时候，我恶毒地低声说道："好吧，你不会在这里待多久的。"

文学的两个缺陷

一、当作家心里只有他自己、自己的弱点、自己的生活时,他就忘记了客观世界的存在,忘记了对真理的探求。

二、当作家只为世界的真理、客观现实、正义、对人的评判、时代、习俗等所独占时,他就忘记了自己,他的弱点,他的生活。

关于神秘的讲座

我们不知道诗歌是什么。我们不知道受难是什么。我们不知道死亡是什么。

而我们的确知道神秘是什么。

热 忱

汉娜·阿伦特在写给卡尔·雅斯贝尔斯的信里,提到某个搞古典哲学的教授——在希特勒掌权时期——主动地,出于他自己的自由意志，将《霍斯特·威塞尔之歌》① 翻译成了希腊语。

存在主义

　　早年我着迷于存在主义。哦，是的，我想，我已被抛到这个世界上来了。我不知道怎么使用我的自由。历史是没有意义的。我应该沉思死亡。我应该本真。树根是荒谬的。
　　哦，出言不慎的哲学家，现在我注意到，你甚至要剥夺那仅属于我私人的贫困，我的秘密。你要命名、划分一半的处境和四分之一的情绪。你专业的笔挤进了所有事物。哦，出言不慎、孤芳自赏的哲学家，转过来写写诗吧。

世界已撕裂

　　是的，我也喜欢这世界是整体一致的，精神生活的一面与平民化的生活和谐地结合，反过来，后者与充满情感的生活结合，如此等等。但事情并非如此。精神生活，有着奇怪而迷人的方式，并不屈从于政治性的指令，或只是忍受伦理规则。思想是自由的。精神的生活可以是疯狂的、鲁莽的，甚至是粗野的。然而，平民的准则所要求的是责任、谨慎和常识。我全心支持共和政体下的德行。可这有什么关

---

① 《霍斯特·威塞尔之歌》原是纳粹冲锋队头目霍斯特·威塞尔生前所作的进行曲，名为《威塞尔倒下了》，由戈培尔定为纳粹党党歌，1934 年后是非正式的纳粹德国国歌。

系呢？如果精神既不是一个君主制主义者，也不是一个民主主义者。混乱、无序是它的组成部分（正如纪律和形式也是——它不断地在这两极之间运动）。同样，"不一致"也可恶地存在于平民生活之中。无政府主义的、漠不关心的俏皮话似乎适合艺术，但在一个法官的办公室里，在一个部长的大脑里，或者在一个政府监管部门里，却是不合适的。

这世界已撕裂。双重性万岁！人应称赞那不可避免的东西。

中　欧

他并不显眼，小个子，油光光的头发平平地梳向脑后，不待应允，就坐到了我的桌边。很显然，他渴望谈话。为了谈话，他甚至可以拿出他的半辈子做交换。

"您从哪里来？"他问。

"波兰。"我说。

"啊，多么幸运，您是多么幸运的一个人！"他感叹道，并被一种独特的地中海式的热情压倒，"早上好！早晨万岁！黑色外套。纪念珠宝。关于一名士兵之死的出色的诗歌。这些我非常熟悉，非常熟悉。雾，胡茬，骑兵团。十字架。成千上万英勇的男子。小号曲，信号，庄重而悲哀的乐曲。可爱，可爱。您是一个幸运的人！"

"为什么幸运？"

"力量。信念的力量。绝对的情感。道德的完美。一种未被都市疏离的文学。你们还没有经历那种让人担忧的分裂。那种半幻觉的状态，灵魂在其中仿佛气球充满孤芳自赏的氦。绝没有。你们不懂那种可怕的分离，灵魂的世界与勇敢、充满男性力量的世界之间，不可逆转的分离。

"在你们身上我总能感到，那种对于整一的渴望，结合了情感和勇气的希腊之梦。默认历史的失败和当下政治的不完美，反过来在通向纯粹精神的领域里获得快乐，同时在两个草地上采摘鲜花，一个内在的白色草地，另一个，绯红的草地，它在跟历史刺鼻的空气的联系中转暗。这不是更好吗？"

他长时间说着，不停称赞我的国家。过了一会儿，我发现，仅是这样的赞扬之词，已使他感到厌倦。一丝痛苦扭曲着他的脸。

"告诉我，"他说，并不真的指望我回应，也没有在他密集倾泻的独白里留下让我回答的空隙，"请告诉我，他们，你们的诗人，是否完全诚实？他们抱怨自己的祖国被剥夺，不是吗？他们真的诚实吗？难道没有一点伪善？还有他们自己的不幸、怀疑？厌倦？他们也说了一点谎，不是吗？他们也是和你我一样的人，不是吗？"

我寻思着该如何回答，我想为我语言里的诗人们辩护。然而，在我想好回答之前，那小个子的人就已从椅子上跳起，灵巧地跃过对面的一个观光客、两张桌子。不一会儿，我就听到了一点新的谈话内容。

"请问您来自哪里？"

"我来自布拉格。"

"啊，太好了。布拉格！巴洛克式的纵酒狂欢！布拉格，欧洲的腹部。有种令人惊讶的尖酸刻薄而富于活力的幽默感，谁也不知道它们源自哪里。"

如此等等。

我付了两份咖啡钱，离开了。

我杀了希特勒

为时已晚；我老了。我本想最后公开一九三七年夏天发生在黑兹城的事件。我杀了希特勒。

我是荷兰人，一个书籍装订工，如今退休多年了。三十年代，我对欧洲当时可悲的政治产生了狂热的兴趣。但我妻子是犹太人，我的政治兴趣一点也谈不上专业。我决定亲自清除希特勒，以一个绘图员的精确，就像一个人装订一本图书。而我做到了。

我知道，希特勒喜欢在夏天带一小班人马出行，实际上没有贴身保镖。我还知道，他习惯停留在一些小乡村，喜欢户外餐馆，就在椴树投下的树荫里。

赘言不述。我只想说我射杀了他，并成功脱逃。

那是一个潮湿的星期天，暴风雨即将来临，蜜蜂都像喝醉了一样蹀躞而舞。

户外餐馆隐蔽在一些巨大的树下。地上铺盖了细细的沙砾。

天完全黑了下来，空气里有一股令人顿生困意的东西，我好不容易扣动了扳机。一只酒瓶被撂倒，白纸做的桌布迅速吸干了泼洒的液体，一道红色弥漫开来。

我迅速驾车逃开了，像一个魔鬼。但是没有谁追踪我。暴风雨来了，倾盆而下。

路上，我把枪扔进了一条长满荨麻的沟渠；我冲开两只白鹅，它们便开始可笑地蹒跚。

嗯，细节？

我得意扬扬地回到家里。我扯掉了假发，烧掉衣服，洗刷车子。

而一切归于零。因为第二天,另一个人,毫厘不差的另一个,甚至比我杀掉的那一个更残暴,取代了他的位置。

报纸从未提及这次谋杀。

一个人消失,另一个出现了。

那天的云全是乌黑的,空气像糖蜜一样黏稠。

邪　恶

有一种邪恶——因为它是有组织的、精心编排的、在历史上高度发达的邪恶——往往导致一种幻觉,以为最终它是可以被理解的。不正是因为如此,我们才那么着迷于那些讲述希特勒的书吗?从各种各样的回忆录,到各种各样的历史性分析。我们阅读它们,一心希望,这回我们终于可以抓住邪恶的本质。

所有智力的努力都导向简化邪恶的复杂形式,使之成为简单、不再复杂的东西。然而在我们似乎终于成功时,我们发现,问题的答案却再一次回避了我们。我们又像约伯①一样无助。

---

① 《圣经》中的人物,是上帝的忠实仆人,以虔诚和忍耐著称。

德罗戈贝奇和世界

一九四二年十一月，布鲁诺·舒尔茨①行走在家乡的小镇上，忽然被一个纳粹党卫军的子弹撂倒。在死去前，生活于德罗戈贝奇的这个小个子男人，有点羞涩的中学美术教师，已经品尝到一些文学的声名带来的甜蜜时刻。他的事业——如果我们暂且忘记他死亡的悲剧性，那么他的事业，与在别的国家或大陆上所从事的写作事业，没有什么不同。一个地方上的自学成才者，开始了为自己和几个亲朋好友的写作与绘画事业。他跟无名的、与自己类似的艺术家通信，跟他们分享自己的梦想、思想和计划。无论何时，遇到一个发现了进入艺术世界通道的人，遇到与出版机构和知名作家有联系的人，他都会肃然起敬，十分殷勤——正像他在与心理学家舒曼教授的通信里表现出来的那样（六十年代我在克拉科夫偶尔会见到后者：一个老人，因为政治原因，过早而彻底地与大学失去了关系）。

然后，主要应归功于杰出作家佐菲娅·娜科夫斯卡②的影响，这位天才的美术教师，如今成了轰动的文学人物——战前波兰文化界最有价值的一些名字，突然出现在他的通信名单上：斯坦尼斯瓦·伊格

---

① 布鲁诺·舒尔茨（1892—1942），波兰作家、画家。出生于德罗戈贝奇（靠近利沃夫，1945年前属于波兰，现属乌克兰）。生前是一名中学美术教师。出版过《肉桂色铺子》《沙漏下的疗养院》两本小说集。1942年纳粹占领了舒尔茨的故乡，他被盖世太保在街头打死，时年50岁。

② 佐菲娅·娜科夫斯卡（1884—1954），波兰小说家、戏剧家。代表作为反映华沙被占时期生活的《战时日记》《大奖章》。

纳齐·维特凯维奇①、朱利安·杜维姆②、维尔托德·贡布罗维奇③。布鲁诺·舒尔茨还认识博莱斯瓦夫·莱希米安④，一个他十分崇敬的诗人。他和佐菲娅·娜科夫斯卡有过一段短暂的恋情。他访问华沙，照例地低调和安静。他被带进华沙的文学沙龙——在这里，他见识了第二次世界大战前，华沙文学界的戏剧性场面：咖啡馆，优雅的公寓——在此，集权主义未来的牺牲品与民族主义文学未来的官僚相遇了。一九三九年九月，在红军进入波兰东部领土后，维特凯维奇将会自杀离世。贡布罗维奇流亡阿根廷。杜维姆去了美国。佐菲娅·娜科夫斯卡和塔杜施·布热萨⑤成为共产主义文学事业的代表人物。

舒尔茨虽然已有一点知名度，但他不会中断那些平常的通信，特别是如果通信者是女性。他会给黛博拉·沃格尔，给罗曼娜·哈珀恩以及安娜·泊洛茨基尔写长长的信。⑥ 而所有这些人，都将消失于大屠杀的不同时期。

舒尔茨在最好的出版社出书，并在著名周刊《文学新闻》上发表作品。当然，他受到来自政治两翼的不同批评家的抨击——激进的马克思主义批评家批评他不真实，极右翼宣传家指责他过于犹太人化——但是，他的地位并没有被这些攻击削弱。悖论的是，作为一个艺术家，舒尔茨本是一个地方性的歌者和诗人，在文学的世界里，却受到那些文学和政治主流人物的支持与保护。他到黑格尔主义的华沙

---

① 斯坦尼斯瓦·伊格纳齐·维特凯维奇（1885—1939），波兰诗人、艺术理论家、画家。他是波兰先锋派的传奇人物，于1939年自杀离世。
② 朱利安·杜维姆（1894—1953），波兰著名诗人。二战时流亡美国。
③ 维尔托德·贡布罗维奇（1904—1969），波兰小说家和剧作家。二战时流亡阿根廷。著有《费尔迪杜尔克》《日记》等。
④ 博莱斯瓦夫·莱希米安（1877—1937），波兰著名诗人、艺术家和波兰文学院成员。
⑤ 塔杜施·布热萨（1905—1970），波兰小说家。
⑥ 黛博拉·沃格尔（1902—1942），波兰哲学家、诗人。罗曼娜·哈珀恩，波兰作家，死于大屠杀，余不详。安娜·泊洛茨基尔，波兰作家，死于大屠杀，余不详。

(所有的首都不都是黑格尔主义的吗?)旅行,这成为他的生活与思想之张力的另一个来源。

当然,首都的名人自有其吸引力。比如,在一封信里,他没有忘记提到,他跟著名戏剧导演雷沙德·俄狄恩斯基①成为熟人。然而,他还是轻松地回到了他的小城德罗戈贝奇。他考虑搬到华沙去,却总是会回到他的故乡小城。

舒尔茨那些较少知名的通信者都有根深蒂固的身份冲突。他们有时处在疾病与健康之间,有时摇摆于两种语言之间——意第绪语和波兰语——难以做出艺术上的选择,或者,他们同样强烈地被音乐和绘画吸引,就像被文学吸引。他们与舒尔茨接近,因为他也不能确定,而一直纠结在图像艺术和文学之间,徘徊于家庭生活和创造性的孤独、波兰文学和德语文学(他崇拜里尔克和托马斯·曼)之间,踌躇于留在德罗戈贝奇和移居华沙之间。无论怎样优柔寡断或犹豫不决,他终于还是创造了属于自己的独立王国和精神情感的领地。甚至三十年代后期,在他获得波兰文学院授予的金桂冠奖之后,舒尔茨仍然对他的通信者感同身受,理解他们的无所成,以及处在两种不同文化之间的内心撕裂。他寻求声名,去巴黎做例行的朝圣,争取将自己的短篇小说翻译成外文出版;但是,自始至终他在内心深处愿意跟这些作家保持联系,因为他们的困境和冲突,正是那些边缘者、处于边界和偏僻之地的人物的象征——舒尔茨需要与小地方保持紧密联系,如同需要呼吸空气一样。

只有一件事,是他坚定并坚决地为之辩护的:精神世界的意义和高度。在一封普通书信里(应一家文学期刊的要求所写),他的老友维尔托德·贡布罗维奇攻击他说——对于众所周知的中产阶级而言,"来自维尔察街的医生的妻子",舒尔茨短篇小说所创造的艺术世界毫无真实性。而且,对于非常清醒的人士而言,《肉桂色铺子》的作

---

① 雷沙德·俄狄恩斯基(1878—1953),波兰著名戏剧家。

者"只是一个喜欢矫饰伪装的人"——舒尔茨坚决而激烈地进行了反驳。精神世界的价值会被破坏，它们来自沮丧、绝望和怀疑，以及恶毒的批评家的攻击，但是，不会受到一个神话似的、"来自维尔察街的医生的妻子"的破坏。在此，两个好朋友的道路出现了分裂。贡布罗维奇着迷于对艺术的价值进行质疑，如同那些庸人、傻瓜、白痴那样发问；他善于从外部来看文学，并进一步探究它在社会学上的地位。然而，舒尔茨却生活在一个虚弱的象牙（肉桂？）塔里，一刻也不愿意离开。

舒尔茨的书信常常涉及一个经典的主题：为维护内心生活的张力而斗争，而内心生活却总是不断受到琐碎的外部环境的威胁，受到忧郁袭来的威胁。这是一个普遍的主题。就像很多艺术家一样，舒尔茨向他的通信者透露出他对自己作品最终命运的忧虑。今天，我们从布鲁诺·舒尔茨在德罗戈贝奇犹太人隔离区荒谬的死亡这个角度看待他的命运；死亡的阴影贯穿他整个的一生。然而，在他的传记里，也有许多正常和平凡的事情。不凡的当然是他的天才：将司空见惯的东西转化为迷人之物的奇妙能力。正是在这里——正如很多作家的情形——舒尔茨的焦虑就在于此，他担心自己缺乏时间和灵魂，担心自己每天从事的教书工作带给他的日常痛苦可能吞噬他。

"从社会学意义上来说"，布鲁诺·舒尔茨是谁？在他的散文作品里，地方性的德罗戈贝奇被转化成一个东方的巴格达，一个带有异国情调的、《一千零一夜》里的城市。仿佛受到相同魔杖的点染，他的生活也在逃避分类。如果他没有从事写作或者绘画，他很可能一直就是一个忧郁的、中产阶级的犹太人美术教师，一个商人之家倒霉的后裔，一个爱给其他梦想家写长信的梦想家。但是，因为他从事写作和绘画，而且是那么优美自然，他就在身后留下了一门群体生态学。甚至可以说，他在身后留下了一个特殊的社会阶层，这个阶层在两次世界大战之间的波兰非常典型，它是一个知识分子阶层，或者是这个知识分子阶层的一部分，他们不能，也不愿加入这个国家的生活，不接受第二共和国当时的现实——也不被那个现实所接受。所以，他们有时渴望实现一个政治上的、左翼的乌托邦。

舒尔茨的乌托邦并不迫使谁去等待。它仅存于他的想象，他的笔下，他的措辞和提喻之中。不存在一把打开舒尔茨作品的钥匙。他的短篇小说几乎无所不及，包括情色的痴迷。他精妙而透彻地处理它，就像其他人处理花粉热或偏头痛。最经常地，舒尔茨的散文作品，是对各种纯诗歌性质的刺激做出反应。如果有人列出他想借助艺术来"回答"的问题，它们可能属于一些玄学派诗人的问题，想要知道春天、树、房子的本质是什么。他有一种动人的攻击的直接性，追问终极答案的内在激情。在他的哲学—诗学的好奇心里，我们可能辨认出舒尔茨的精神起源。他的写作来自新浪漫主义，一种反实证主义、反自然主义的文学潮流，部分地受到柏格森和尼采的鼓动，但是实际上，它是对各种严密科学日益强大的无形霸权的一种反应。

在中欧，新浪漫主义一派人物想要某种不明确的宗教，而不顾忌"上帝死了"这一事实。新浪漫主义催生了许多诗人和作家，他们自我感动于一种形而上学的狂热；他们是一些神秘论文和小说的作者，一提笔就将自己全部投入到神秘存在之中。不必说，这些参与到形而上学运动的作者，都遭遇了艺术上的失败。而迟来的那些人，更迟钝，较之其他人更有耐心，有时却取得了成功，获得了他们自己的语言、自己的方式、个人化的形而上学。新浪漫主义里一些富于经验的老手——他们在世纪转折点时，达到顶峰——包括杰出的欧洲作家，如罗伯特·穆齐尔①，甚至里尔克，后者在进入另一时代后完成了他的《杜伊诺哀歌》，而那时，欧内斯特·海明威，这位爵士乐、体育和简洁文体的精神使者，正开始亮相于巴黎。

来得晚一些可能是一个优势，舒尔茨自然也是如此，正如在波兰

---

① 罗伯特·穆齐尔（1880—1942），奥地利作家。著有未完成的小说《没有个性的人》等。

文学里，维特凯维奇和莱希米安，都是幸运地出现在他们的时代之后。舒尔茨的例子不过是更清楚而已。在他的作品里，形而上学的、想象的倾向，在具体的地理和家庭现实里，找到了真实的对称物——《沙漏下的疗养院》的作者，从中吸取了丰富的经验，使人想起以"灵与肉"为主题的文学，那也是新浪漫主义渴望的这个世界最后的、绝对的文学，而它必然遭遇坚硬、无情、独特、地方性的存在。

在舒尔茨的神秘主义里，这坚实的伙伴，就是德罗戈贝奇（利沃夫附近的一个小城）。它不是舒尔茨故意挑选的，就像一个人不能挑选自己的身体、雀斑或基因。舒尔茨出生在德罗戈贝奇，这个小城就跟他本人一样不足为奇。他的想象存在于德罗戈贝奇，而它难以置信地狡猾。它善于以极其自相矛盾的方式，赞美真实、肉身的事物。它善于赞美、夸大、颂扬、美化；然而，这种美化和赞美，同时也是一种最复杂的逃避，是这世界上最优雅的技巧，让我们飞离我们极为钟爱的城市！他将那个拥挤而肮脏的德罗戈贝奇——其中，半野生的花园、果园、樱桃树、向日葵和腐朽的栅栏很可能是真正美丽的——转换成一个奇异、神圣的地方。这样，舒尔茨就可以跟它告别，可以离开它了。

这样，他就可以逃进想象的世界，而不必冒犯那个小小的城市。而且，事实上，它被提升到一个罕见的高度——现在，甚至纽约也知道德罗戈贝奇了，知道舒尔茨了，虽然都已经不复存在。这都是因为一个小小的美术教师，因为他想象力疯狂的花招。

唯有舒尔茨创造的那个德罗戈贝奇幸存了下来。那个古老的历史小城、犹太人的商铺、弯弯曲曲的小巷，都已经从地球上消失了。当然，苏维埃的德罗戈贝奇依然存在，那很可能也是社会主义现实主义的杰作。

舒尔茨喜欢沉思一年四季的流转，尤其当它横扫困倦的地方小城时。大都市的生活是紧张的、自恋的，而在小城市，文明稀释于边缘，反而能与宇宙、自然展开对话。在小说《秋天》里，舒尔茨把夏天描绘成一个乌托邦的季节。一年里郁郁葱葱、华丽的时间，它承诺太多，却不能兑现，因为在它的边缘，潜伏着一个匮乏而吝啬的秋天，毫不顾及夏天的誓言。

乌托邦的夏天与愤世嫉俗的残酷秋天，这一对意象是一个诱人的隐喻，既是舒尔茨人生的隐喻——从其作品的创造性张力，到他在德罗戈贝奇犹太人隔离区悲剧性的死亡——也是有关欧洲文学之命运的隐喻。它首先是在想象的愉悦里自娱自乐，紧接着受到来自历史的两次警告：第一次世界大战和第二次世界大战的致命一击，大屠杀和邪恶的集权主义。舒尔茨的人生和作品，都屈从于"从夏天到秋天"这一隐喻模式，正如欧洲的文学精神，要一个人以他的命运确认这样一个发展的进程：一个想象的时代逝去了，一个毁坏的时代来临了。

舒尔茨的语言，它的诗性和丰富性，是以极大的精确为特征的。他的语言具有矛盾修饰的品质。这同样体现在他全部绘画作品的艺术形象里：形而上学的激情，结合着他对具体细节、对绝对的个体事物的爱。

德国诗人戈特弗里德·贝恩比舒尔茨早出生六年，他爱用"世界的表现"这一术语。它并不指向哪个艺术群体或艺术方向；毋宁说，它描述一类作家的作品特征，这些作家的警觉程度或高或低，幸存于新浪漫主义剧烈喷发的岁月。他们甫一出现，就以文学语言和表达的多种可能性令人眼花缭乱。在"世界的表现"这一标志下的作家，大都迷恋于语言的审美力量，同时依赖于吟唱内在生命之旋律的才能。我们不要指望这些作家参与对社会状况的讨论。

舒尔茨的写作——体现为诗和语言的巧妙结构——已经出现"秋天会带来不可避免的毁灭"之类的警告。他笔下清醒的阿德拉，让人想起埃利亚斯·卡内蒂①《迷惘》里的人物特丽莎；想象被敌人

---

① 埃利亚斯·卡内蒂（1905—1994），以德语写作的英籍小说家、评论家、社会学家和剧作家。1981年诺贝尔文学奖得主。著有《迷惘》《群众与权力》等。

包围，被无聊的课程、生活的悲哀和各种迫切状况包围。存在邪恶的魔鬼和好的魔鬼；世界充满神秘；隐藏在花园里的流浪汉，很可能是一个异教的潘神①。但是舒尔茨不是一个预言家。他没有预见战争；他没有预见自己的死亡。他的预言是微妙的，只显示出对读者的信任。舒尔茨太过含蓄，批评家理解不了；他什么也没有宣示。他甚至比卡夫卡还要克制。对于他，艺术是最高的快乐，是表达、看和说的行为，是将那些曾经彼此相距遥远的事物结合在一起的重大行动。他的陈述既不是政治的，也不是哲学的。我们称之为"舒尔茨的哲学"的东西，是一只生活在笼子里的小鸟，存在于他迷人的散文羽绒般松软的字里行间。

谋　杀

　　这事发生在德国。在七十年代早期，文学教师罗伯特和一个恐怖组织保持着联系。他受命杀掉 M，一个和他同龄的人。M 尽管还很年轻，但作为一名保守的哲学家和新闻记者，前途却一派光明，经常目空一切地谈论那些激进的左派。恐怖组织判处了他死刑。罗伯特受命在三个月内执行该判决。不堪其恐惧，罗伯特逃到了里斯本。他切断了与恐怖组织的一切联络，化了名，非常谨慎地生活着，翻译了一些葡萄牙诗歌。他时刻提防着警察和他以前的那些朋友。
　　不管怎样吧，时光流逝，那个恐怖组织的所有成员几乎都遭到了逮捕，一个个消失或者死在了监狱里。政府宣布大赦像罗伯特这样的恐怖组织的同情者。罗伯特回到了德国。他住在科隆。他做讲演，为

---

　　① 也译作"潘恩"，又称为"牧神"。希腊神话中司羊群和牧羊人的神，也被认为是照顾牧人和猎人、农夫和乡野之人的神。

电台工作，试着重新回到学校执教。一天，他遇见了 M，一个仅在短暂时期里有所了解的人，然后他们成为朋友。M，一个似乎无可怀疑地将以学者身份度过其生涯的人，却已经离开大学，领取失业救济，成天阅读那些神秘读物。当罗伯特问他，为何放弃那么稳定而又前程似锦的职业时，M 回答说，因为他不再相信什么，他也无法装着相信，比如类似基因缺陷的东西，认为这种基因缺陷已经出现在他的家族几代人之中（在他父系这边的世代中）。

几个月后，他们在市中心的位置合租了一套大一些的公寓。一年之后，罗伯特在一阵狂怒之下，杀死了 M。法庭上，罗伯特声称他无法忍受 M 的咳嗽，并且厌恶他步子沉沉地走路，厌恶他就餐时咂嘴，以及将面包顶在胸前切来切去的样子。

主动语态

请填写表格。请写一份简短的自传。

我顺从地回答调查表。我写过无数的自传，总是以同一个平淡无奇的句子开始："我来到这个世界……"在别的语言里通常是说"我被带到这个世界"；只有波兰语使用主动语态，好像一个婴儿，出于自己的意志，充满活力地跑上一个位于德国和俄国之间的舞台。

"主动"的活力不会持续很久，因为"被动"的一面很快就会占据上风：我被派到……我被运送到……我在十二月被捕……我在全体大赦后被释放。

兄弟情谊

写作,首先是一种表达兄弟情谊的行为。写作要求孤独,有时是一种深刻而强烈的孤独,但是,它通常是一条通向他人的隧道,在一片丰饶的土地上(这片土地就是想象和自恋,同情和冷漠,温柔和傲慢,音乐和野心,血液和墨水)。即便自杀者也会写信。诗人杀死自己。批评家杀死作者。读者容易厌倦,并溺死于手中的书,仿佛它们是小猫。但是,谁说兄弟情谊是容易的?现在请打开《圣经》……

狂喜和反讽

在诗中,有两个矛盾的因素相遇在一起:狂喜和反讽。狂喜的元素总是与对世界无条件地接受紧紧相连,甚至包括残酷和荒谬的事物。相比之下,反讽则是对思想、批评和怀疑的艺术性表现。狂喜准备接受整个世界;反讽则紧跟思想的步伐,质疑一切,提出具有倾向性的问题,怀疑诗歌,乃至怀疑其本身的意义。反讽懂得世界是不幸的、悲哀的。

如此两种完全不同的元素共同塑造诗歌,是令人惊讶的,甚至是使人为难的。难怪几乎没有人读诗了。

司汤达

在《亨利·勃吕拉传》里,司汤达写道:

> 我到了西斯廷教堂,像一只十足的绵羊,也就是说,没有快乐,我的想象力就不能飞起来。

司汤达的说法表面看好像似是而非:在充满宝藏的西斯廷教堂,他却不能在那些艺术品中获得乐趣,因为一八三五年十一月二十四日那天,他的想象力不知道如何"飞起来"。

哎呀——敏感的司汤达置身于西斯廷教堂,却一无所获,完全惨败。这就是说,任何人要想能够欣赏艺术品,还得选择一个好日子,要有顺畅、被唤醒的想象力。

那是十分显然的嘛,无趣的读者可能会说。

那么在想象力"飞起来"时会怎么样呢?当想象力滑翔在空中时,我们将自己完全交给了白日梦。这就是说,想象力的翱翔并不需要知道那激发飞行的艺术品。被一首奏鸣曲、一尊雕塑、一首诗或一幅画激活的白日梦,很快将屈从于一个人的自我陶醉。我们对于那导致我们处于昏昏然状态的刺激,心里怀着感激——还有什么?但事实上,想象力常常从机场飞走,消失在太空里。

这是一个令人羞耻的现象:想象力的自我陶醉,它内在的力量。如果谁真能把它彻底想清楚,他也许不得不说,艺术既不是为了那些没有想象力的人(他们根本无兴趣),也不是为了那些被赋予了想象力的人,因为这些人使用艺术,就跟他们曾经使用鼻烟一样,就是为了打喷嚏的快乐。

只有一件事变得清楚了：批评家为什么缺乏足够的想象力。如果他们具有足够的想象力，他们就不会对具体的艺术作品说什么，他们就会沉浸于自己的白日梦。不过，还是要有人坐下来评判艺术的。

三种历史

至少有三种不同的人类历史，不止一种：暴力的历史，美的历史，苦难的历史。只有前两种历史，或多或少被编录和记载。它们各自有着它们的教科书和教授。但是，苦难没有留下任何痕迹。它是无声的。也就是从历史学上来说，它是无声的。一声尖叫不会持续太久，没有任何记录下来的符号表现它，使其恒久。

这也就是为什么理解奥斯威辛的本质是那么困难。从暴力的历史观来看，它只是一段不值得仔细研究的插曲。研究其他，如瓦格拉姆战役①，就有趣得多。就苦难的历史而言，奥斯威辛是最根本的。不幸的是，苦难的历史并不存在。艺术史家对奥斯威辛也不感兴趣。泥泞，营房，低沉的天空。尘雾和四棵枯杨树。俄耳甫斯②不会漫步到此。奥菲莉娅③不会选择在此投河自尽。

---

① 瓦格拉姆在维也纳东北部，是1809年7月拿破仑率领的法军与奥军作战的战场。
② 古希腊神话中的歌手，诗人的原型。
③ 莎士比亚所著的《哈姆雷特》中的女主人公。

读书遣时光

在很长一段时间里，若我承认还在阅读保尔·雷奥多①，我的法国朋友就会惊讶地看着我。他被认为是一个怪人、二流作家；他未写过一部长篇小说或短篇小说。他没有想象力，而且他是第一个承认的人。相反，他满怀热情地在文学杂志上发表文章，几十年持续记录了无数细节和对话。

人们最近一直在谈论他：他的书出版了新版本；卡那瓦雷博物馆②正在展出他的研究资料的复制品，它们因其博杂而闻名；有人制作了一部电影，描述他与一个叫弗露的女人的关系——在他的日记里，那段情事被温和地称为"自然的灾难"。

他是二流作家吗？在我看来不是。然而，他知道人们那样看待他，而且，在某种程度上，他接受这样的地位。在杂志上他有一段话，认为二流作家具有胜于一流作家的优势，因为他们不撒谎，他们不必撒谎。一流作家总要扮演某个角色，代表国家、语言、文学以及他们的职业，所以他们要美化现实，使之更加理想化、更加完善。

正是他在文学上的这种愤世嫉俗让我感兴趣，还有这样一个事实：保尔·雷奥多不仅没有想象力，他同样不满于各种思想观点。如果是在中世纪，他很可能是一个极端的唯名论者，拒绝一般概念（特别是爱国主义、高贵性之类）。我不确定我是否喜欢这一点，但是的确让我感兴趣。在我的文学里，像保尔·雷奥多这样的作家，也

---

① 保尔·雷奥多（1872—1956），法国作家、戏剧批评家。
② 卡那瓦雷博物馆位于巴黎，收藏有路易十三雕像。博物馆还演示了巴黎从原始部落到大都市的全部历史。

许应被引向一个庇护所；而我们非常认真地对待概念和观点。同时，保尔·雷奥多也许是唯一以其反犹太主义的症状打动我们的作家。嗯，我们对自己说，这是一个真正的奇迹：一个唯名论者，拒绝与人有关的一切，却又能够与他的同时代人分享他们的激情，包括最令人厌恶的那些。整体看来，他是一个十分孤僻的人，对政治没有表现出任何兴趣，而且憎恶收音机，以及所有虚伪的政治性修辞。在第一次世界大战的整个过程中，他都是一个坚定的和平主义者。

保尔·雷奥多出身平民。他的父亲，一生都为情事所累，一直在法兰西喜剧院做一名提词员。这个简单而特殊的职业，曾经使他的儿子颇感兴趣，从某种意义上说，也使他的儿子步其后尘——保尔·雷奥多成为法国文学的一名提词员，低调地表达了一些除了作为谈资，本来不应该谈论的东西。

他个子矮小、相貌难看。尖尖的鼻子，如避雷针一般突出。他是一个个人主义者，而且，因为经常缺钱，常被视为一个怪人。他的穿着，使他看起来很难被尊重。冬天，他会穿两层夹克，一件套住另一件（他没有一件自己的外套）。而他似乎总提着大包的动物食品——给猫、狗、猴子。他一度供养过四十五只猫。而第二次世界大战期间，他却不曾对任何人施予同情；他只为动物的命运担心——养了太多的马、流浪猫、被遗弃的狗。

在他的日记里，最有意思的是他的一个朋友所讲的故事（我在习惯性的意义上使用"朋友"这个词，雷奥多其实没有朋友；像这样经常写日记的人，通常都没有朋友），讲一匹在煤矿下做工的盲马。但是，请不要惊慌，雷奥多不是一个怪物。他善做好事，乐于助人。

他的身上具有一个我想称之为"反欺骗"的特点。如果说常见的欺骗在言辞上是甜蜜的、行为上是不通融的，那么，雷奥多代表了相反的情形。他所写下的，都是刻薄的、恶意的，但他的行为却称得上高尚（在这一点上，他让人想到戈特弗里德·贝恩先生，言辞上的粗鲁远胜过行为）。

雷奥多的日记，可以根据他所提及的作家、个性、风格和思想，细分成许多小类。当然，这样的分类会是非常弹性的，难以绝对界定。对某些作家来说，日记是一生的战场，为了发展，为了内在的完善，为了更好地理解世界和自我，他们一辈子进行了激烈的精神搏斗。列夫·托尔斯泰的日记便是一个绝佳的例子。还有一些人的日记，具有完全不同的性质。塞缪尔·佩皮斯①的日记十分诙谐、滑稽，对一切都缺乏考虑；他只是叙述，绝对信任他的数字、成功和失败（阅读它，就像一只仓鼠的日记，它会记下所有带回巢穴的种子）。自鸣得意的平庸，厚着脸皮记下的胜过他人的一切优势，此为一种日记写作的极端例子（塞缪尔·佩皮斯、扬·赫雷佐斯托姆·帕塞克②、詹姆斯·鲍斯韦尔③），托尔斯泰则独自代表了追求精神上的完美主义的典型。

雷奥多更类似于塞缪尔·佩皮斯，而不是托尔斯泰。雷奥多对"真实"的兴趣，远多于对"正常"的兴趣；对"平凡"的兴趣，远胜过对"假设"的兴趣。他有时很像佩皮斯或帕塞克。事实上，几乎没有他不敢打破的禁忌。他大肆谈论自慰和丑行，随时准备说出——从一个意外到访的客人的角度——地板上一只满溢的夜壶。描述这段内容，比谈论他与弗露有关的情色细节，需要更多的技巧。

然而，雷奥多不同于塞缪尔·佩皮斯，其根本区别在于文学意识。雷奥多具有高度的文学意识，他写日记不是乱涂乱画，并非一个可有可无的夜间工作。雷奥多并非一个幼稚的作者，无意中公开了自己的生活。他是一个专业人士，写作协会的成员，热心的文学读者，司汤

---

① 塞缪尔·佩皮斯（1633—1703），英国作家、政治家，著有《佩皮斯日记》，其中对伦敦大火和大瘟疫等有详细描述。他曾任英国皇家海军部部长、英国皇家学会会长，任上以会长名义批准了牛顿巨著《自然哲学之数学原理》的出版。

② 扬·赫雷佐斯托姆·帕塞克（约1636—1701），波兰贵族、作家。他的回忆录提供了丰富而宝贵的关于巴洛克时期萨尔马提亚人文化事件的历史资料。

③ 詹姆斯·鲍斯韦尔（1740—1795），英国传记作家，现代传记文学的开创者。

达和尚福尔①的追慕者。

　　同时，由于他的内心生活不够强而有力，他不得不将自己转变成一个记录外部事件的编年史家。而且，正如我们所知，由于他没有想象力，他所写下的全是真实发生的事件。他的观察主要集中于巴黎文学界，从《文雅信使》②编辑的办公桌，到当天出版的最重要的法国文学杂志（《新法兰西杂志》③要到后来才创办）。

　　巴黎文学圈！一个虚荣的市场，都在想尽一切往上爬，那是何等的虚荣。巴黎的文学环境被两种疾病严重污染——一是梦想进入法兰西学院（为此，一个人必须手脚并用），二是秋季颁发的文学奖项。雷奥多是对巴黎文人圈那些经营策略不知疲倦的观察者。某人梦想进入法兰西学院，便在流行报纸上开辟专栏，恭维那些专业学者。一旦获得头衔，就再也不写戏剧评论。在全盛时期，雷米·德·古尔蒙④曾经嘲笑爱国主义是白痴的玩物；然而，在第一次世界大战期间，他收回了他的嘲弄。莫里斯·巴雷斯⑤则是另外一种叛徒。雷奥多钦佩他的现代主义散文；然而，巴雷斯后来却变成一个民族主义青年团体的领袖人物。雷奥多发现，秋天的文学奖项令所有的小说家焦躁不安。

----

　　① 尼古拉·德·尚福尔（1741—1794），法国剧作家、格言家。著有喜剧《印度女郎》《士麦拿商人》《穆斯塔法和泽夫吉尔》等。1769年被选入法兰西学院。
　　②《文雅信使》1672年创刊于里昂。创刊之初是一份风格多样、内容较杂的报纸，后来变为以刊载文艺作品为主的报纸，实际是给社交场合提供谈资的杂志。1724年更名为《法国信使》，由外交部赞助成为巴黎权威文学刊物。
　　③《新法兰西杂志》是1908年创办于巴黎的文学和评论杂志，发起者为作家查理·路易·菲力浦。安德烈·纪德为第一任主编，其后让·波朗、马塞尔·阿兰等人都曾任主编。
　　④ 雷米·德·古尔蒙（1858—1915），法国诗人，法国后期象征主义诗坛的领袖。代表作有诗集《西茉纳集》等。
　　⑤ 莫里斯·巴雷斯（1862—1923），法国小说家、记者、政治家。早年受到浪漫主义作家的影响，出版了总题为"自我崇拜"的三部曲小说。1889年当选国会议员，从自我中心思想转到民族主义。他热衷旅行，足迹遍及意大利、西班牙等地，后写出《血、肉体的快感和死亡》《神圣的爱和痛苦》等作品。

大体上，雷奥多是以一个天真婴儿的眼睛在观察巴黎文学圈。他是一个专业人士；他属于写作协会成员；他对普遍的腐败有着深入的理解，但他无法接受。

他对优秀的文学风格的定义（"自然、真实、自发性"）似乎也适用于社交世界。他从美学引出他的伦理学。在他看来，背叛就是偏离作为愉悦、个性的表达，偏离作为即时记录的文学。这就是为什么巴雷斯的例子如此重要：背离公正的文学，只会走向文学宣传。

作为一个编年史家，雷奥多冷静地描述痛苦、死亡、死者的面部特征。每当有熟人生病——马塞尔·施沃布①、雷米·德·古尔蒙、查理·路易·菲力浦②——雷奥多都会急忙进入那个为求生而殊死搏斗的黑暗房间。有时，他甚至与律师几乎同时出现，而且比殡仪人员还早。他描述死者手部的位置，面部的表情，停尸间的布局。他也观察那个遗孀，等待她的脸上露出第一次的微笑，因悲痛欲绝而紧张的肌肉的第一次放松。

我们不应据此反对他。雷奥多是詹森主义道德家在法国文学里的继承人，他是各种腐败现象客观冷静的观察员，观察具体的社会环境，而非一般的人性。雷奥多的散文是一种证据，是各种道德家（他们擅长格言）和自然主义仍在发生影响的证据。雷奥多是另一个尚福尔，只是他不如尚福尔简明扼要（他也写格言，但那不是他的强项）。

他的法语柔软而灵活。有时也令人厌烦。在他的日记里，对日常生活没完没了的重复描写很使人生厌，白天总是在《文雅信使》编辑部相同的办公桌后度过，在卢森堡和丰特奈－欧罗斯两站之间的火车上，在奥德翁剧院③附近。一次次描述与猫狗的温柔相遇也令人厌

---

① 马塞尔·施沃布（1867—1905），法国象征主义作家，以短篇小说闻名，也被认为是超现实主义的先驱。
② 查理·路易·菲力浦（1874—1909），法国小说家，代表作有《四个贫苦的爱情故事》等。
③ 奥德翁剧院位于巴黎拉丁区，成立于1797年，现名"欧洲剧院"。

烦。同一件事，雷奥多可以写上几千页。只有战争，战争和几代文学人士体现的变化，带给他一点新的主题。比如，在第二次世界大战之后，他抱怨说，那些旧的作家类型，那种语言和炽烈情感的热爱者，正在被另一种类型的人篡位，就是那些写小说的哲学教授（这里不能不说，他的确很敏锐）。

他没有受过正式教育。他靠自学；我不是指通常那个意思——在文学上，每个人都靠自我教育。他很长寿，从一八七二年活到了一九五六年。如前所述，他无法忍受收音机，悖论的是，由于收音机他才出名，由于晚年他与罗伯特·马莱在广播里所做的对话节目。节目吸引了成千上万的听众。事实证明，雷奥多完全忠实于他对风格的定义（"自然、真实、自发性"）。他的尖锐的、老年人的声音，毫不客气地表达了非凡的意见，似乎来自另一个时代的意见；罗伯特·马莱努力采访的，仿佛不是雷奥多，而是一百五十年前死去的尚福尔。在一个完全由萨特及其学生主导的时代，他的思想，的确让人耳目一新。如果说他是一个墨守成规的人，那么，他仍然恪守了某个已经过时的东西，他保持了他的同一性。

他没有想象力。这到底是什么意思？一个作家没有想象力，这是可能的吗？帕斯卡尔和西蒙娜·薇依都是想象力的反对者。他们认为，想象力是真理的对立面，是宗教真理的对立面。我们也可以认为，想象力不是真理的对立面，而是真理的改善和深化。诗人们宁可追随柯勒律治，愿意区分想象与幻想，而只承认"想象"具有无与伦比的美学价值和认知价值。

雷奥多没有想象力。从一张办公桌后面描述一个时代，他需要花上一千页。想象力要节俭得多；它提供捷径、象征符号，凭借暗示、色彩、影射而发挥作用。此外，雷奥多的作品，有太多自然主义的元素；他总是原原本本地描写一切事物；谈话、笑话、闲言碎语，他全都要写进去。

那么，我为什么阅读这个几近书写狂、毫无节制的作者？因为他丰沛的法语吗？雷奥多一个无可争辩的魅力无疑是：既业余又专业，他在这两个原则或两个要素之间，不断地摇摆和撕扯。换句话说，他的日记具有类似塞缪尔·佩皮斯天真而质朴的痕迹。佩皮斯进入了世界文学史，因为他为我们揭示了最感性的场面，也就是，最平常的人的生活，充满平常欲望的生活。我们读他，就像通过一个隐蔽的摄像头观看世界。我们在道德上比他更优越。阅读佩皮斯时，我们会互相说，啊，真是个傻瓜，我才不会那样做，想这个、要那个。（你真的如此确定？）

一般说，雷奥多不免带给我们这样的印象。当然，他不是一个业余画家，他似乎在努力致力于他所理解的文学（"自然、真实、自发性"），而且他在写作中，每次都能向前走一点。"我会告诉你这个，"他说，"我不回避荒谬。我将揭示我的生活里一些可疑的地带。"不只夜壶和自慰，也包括他的疑虑，比如，是否应该接受一个富有的艺术赞助人的钱。

从另一个角度看，我们面对的是一个研究司汤达的专家，一部曾经广受赞誉的法国现代主义诗歌选集的合编者（青年时期，他与阿道夫·范·毕弗①合编过那本选集），一个十八世纪的狂热爱好者，一个行家，文人圈里的一员，保尔·瓦雷里②的友人（至少是他的同代人）。

雷奥多和瓦雷里之间的鸿沟，不可能更大。一个是自然主义记录的狂乱；一个是纯粹的智慧，厌倦于世界和艺术的随意性。然而，他们之间的相识过程，一直持续至瓦雷里离世。他们谈论诗歌。彼此间的理解越来越困难。瓦雷里成为一流作家，而雷奥多成为二流作家。雷奥多观察前者，在日记里提到过他的结论。他注意到瓦雷里的特异

---

① 阿道夫·范·毕弗（1871—1927），法国学者、目录学家。
② 保尔·瓦雷里（1871—1945），法国诗人，象征派大师，法兰西学院院士。作品有《年轻的命运女神》《幻美集》等。

风格。他愤怒地攻击他，当然是在晚上，在没有谁看见的时候（如果不算他身边安静的猫），他头戴睡帽，手握鹅毛笔，他与他的时间结账。而在另一方面，瓦雷里凭着一贯的谨慎，写了一篇极富洞察力的关于司汤达的随笔——它通常被认为是对雷奥多美学思想的有力打击。

还有一个单独而有趣的问题：雷奥多对诗歌的态度。他曾经写过诗，但后来放弃了这项活动，仅在散文里找到自己的乐趣。他编选过一部诗歌选集。他欣赏阿波利奈尔①，而且，每到阿波利奈尔的忌辰，只要可能，他却会出现在拉雪兹公墓。他喜爱魏尔伦②的诗而拒绝马拉美③。从某种意义上说，他与魏尔伦见过面——这次会面打开了他通往文学生活的道路。年轻的雷奥多曾在街上认出魏尔伦，看见他被疾病折磨，坐在咖啡馆的桌子边。他买了一束紫罗兰，让服务生递过去。而他隐蔽在人群之中，看着这一幕。这个小事件，被作为某种箴言似的东西，记录在他浩繁日记的前面。一个羞涩的崇拜者赠送的一束紫罗兰。

在走向生命的最后时刻，雷奥多否认他对诗歌有任何兴趣，无论什么诗歌。这是一个更大的问题，不仅有关诗歌品味，还有关诗集的阅读。这是一个有关美的态度的问题。雷奥多无法完全拒绝美，但他支持的"美"，其实是聪明、冷静、讥讽的散文。他的道德天性，使他在诗歌里只看到修辞，仅此而已，也许还包括虚伪、华丽的辞藻。他只是一个法国文学传统意义上的道德主义者；雷奥多不是更一般意义上的道德家（这一点，很容易从他与其他法国人共有的憎恶和傲慢上看出——他的职业也证明了这一点）。

---

① 纪尧姆·阿波利奈尔（1880—1918），法国诗人。
② 保尔·魏尔伦（1844—1896），法国诗人，法国象征派诗歌的代表人物。
③ 斯特芳·马拉美（1842—1898），法国象征主义诗人和散文家。著有《诗与散文》、诗集《徜徉集》等。其中长诗《牧神的午后》是其代表作。

诗歌吸引他，又使他感到排斥。这里有某种生存本能性的东西；一个日常生活每天的记录者，应该如何对待那些在其有生之年被创造出来的伟大作品？例如，在生命的最后时刻，雷奥多傲慢地强调，他从来没有读过普鲁斯特，也没有任何读的意图。是的，但他在日记里，写到一期纪念普鲁斯特的《新法国杂志》非凡的影响。那几天里，雷奥多都感觉自己生活在狂热和狂喜之中。

普鲁斯特苍白、虚弱的形象——他所有的力量都献给了一部宏大的小说，而他死于巨大的创造性努力——给雷奥多留下极深的印象。但是，去读几卷普鲁斯特？哦，不，他认为那只会是一种做作的、修辞的、想象的诗歌（而且，那也只是上流社会的东西；他为什么要对上流社会发生兴趣？）。他从普鲁斯特的生活里，而不是从他的作品里看到了诗意。

同样脱离作品的生活，更频繁地在重复着。诗意只包含在无数风格特异的写作行为中。他崇拜英国著名的花花公子博·浦鲁马，不是没有原因的——此人在贫困和被人遗忘中死于加莱。在雷奥多看来，浦鲁马是一个不写诗的诗人。在他身上没有普鲁斯特那样的复杂，因为浦鲁马只留下了他的回忆录，而不是诗歌或多卷小说。

雷奥多一个诗性的纪念物，出现在巴尔贝·多尔维利①的一篇随笔里，描述的是浦鲁马，那伟大的花花公子一生里最悲伤时期的生活：

> 有一些天，让酒店居民非常吃惊的是，（浦鲁马）要求收拾好他的公寓，仿佛假期到了。镜子、枝状烛台、蜡烛、大量的鲜花；一无所漏……然后，烛光明亮，他站在房子中间，穿着年轻时最精致的西装，一身辉格党人的蓝色礼服，配着黄金纽扣、缝制得体的背心和黑色裤子，像十六世纪的服装一样贴身。他等待

---

① 巴尔贝·多尔维利（1808—1889），法国小说家。著有《魔怪集》等。

着……等待着已经死掉的英格兰！突然，仿佛被一分为二，他大声宣布着威尔士王子驾到，然后是费兹 - 赫伯特夫人、坎宁安女士，然后是雅茅斯郡主……这些重要人物，他曾向他们发号施令，所以他相信现在叫他们的名字，他们应该出现。他愿意会见他们，他改变语调，朝一个大门敞开的、空荡荡的客厅走去。那里，这个晚上或者其他晚上一个人都没有，而他向他们鞠躬，向他头脑里那些幻影鞠躬。他将手臂伸向那些女士，发现她们被他召唤出来的幻影包围，她们可能根本没有打算离开她们的坟墓，来参加一个败落的花花公子的晚会。他呆立许久……最后，当房间里到处都是幻影，他所召唤的另一个世界出现在他眼前时，他恢复了神志。不幸的人意识到那些只是他的幻觉，他看到的根本不是人物，他已经精神错乱！只在那时，在绝望之中，他才陷入一张扶手椅，他发现自己淹没在泪水中！

为了使人不误以为他所纪念的对象是这篇随笔的作者巴尔贝·多尔维利，雷奥多补充说——我引用的来源是一本戏剧年鉴，其中一个化名莫里斯·布瓦萨尔的人所写的文章——多尔维利很可能是从一个被遗忘的作者 E. D. 福尔格的一本书里抄下了这段描述。

诗歌就这样存在于想象里，存在于传说里。诗歌被认为，应该像浦鲁马的晚会嘉宾一样虚幻、不真实。

然而，我们仍然坚持认为，雷奥多没有想象力。他本人似乎也相信这一点。他整小时地幻想浦鲁马和其他英雄。他给魏尔伦献上一束紫罗兰，羞涩得不敢走近他，然后，终其一生，他活在自己关于那段插曲的空想里。

雷奥多的想象力，有时会被他接触的艺术家点燃，而不是教堂，或宗教，或大海。大海使他厌倦。做弥撒似乎是白痴行为。

因此，雷奥多并不是要废除想象，想象不会改变什么。白日梦和想象的漫游似乎在他的脑海中占有更多空间，我们在他的日记里可以发现更多这方面的记述。但是,"想象"没有能够成为一种塑造力,没有使一个编年史家成为一个诗人,没有给他插上翅膀。尽管如此,正如在那间大办公室里发现的东西,虽然白日梦不能决定日记的风格,但它在结构上却发挥了一定作用。它成为地平线,成为最东边的一片天,在黎明时通常会出现在那里。即使在雷奥多那里黎明从未出现,至少也是一种先验的存在。

我再次问自己:在这奇怪的日记里,是什么在吸引着我?那么多无聊、琐碎、含糊的片段。我想,吸引我的,肯定不是保尔·雷奥多的生活,不是他的智慧。如果想要那些,我宁可阅读保罗·瓦雷里。

在我看来,答案应该是这样的:雷奥多是一个描写"存在的低俗状态"的诗人。正是那种"琐碎",最简单的日常生活,以及不断重复的描写,使他成为一个可靠而非过于浪漫的预言家。

雷奥多似乎说过:"瞧,这毕竟存在,这些被一流作家藐视的小事。"我读保尔·雷奥多,就是为了体验日常生活里那种令人起鸡皮疙瘩的东西。世界的无序暴露在天平的两端,一边是悲剧,一边是琐事和丑陋;一边是拉辛①,一边是保尔·雷奥多;一边是狄多的悲叹(亨利·浦塞尔②曾经以此作为音乐素材),一边是这位猫的情人所写的日记。

我读雷奥多的第二个原因,与他对待诗歌的态度有关。因为我写诗,且对诗歌抱持严肃的看法,因此我不同意雷奥多怀疑主义的审美理念。然而,诗歌的写作——至少对我来说——并不能免于内疚,免于良心自责之感。在我看来,内疚很难定义,甚至难以理解。寻找美——有什么错吗?是否因为诗歌与修辞关系太密切,在诗歌里每错一步就都意味着我们将从诗的阿尔卑斯山跌入修辞的山谷?保尔·雷奥多,作为诗歌的一个矛盾的对手对我有着重大的吸引力。并非总是

---

① 拉辛(1639—1699),法国剧作家。
② 亨利·浦塞尔(1659—1695),英国作曲家。代表作有《狄多与埃涅阿斯》。

如此。只是在我担忧诗歌的处境与发展愈益危险的时候，雷奥多才是我打发糟糕时日的读物。

圣人彼得的报告

我想提请最高当局注意一个事实，乍一看它似乎没有意义：通过观察（只有很少的人有机会这么做）人的多种类型（多么丰富的类型啊！但是，在此现象之下，也许只有三四种基本的变体而已），我发现某些异常奇特的东西。正如我们都知道的，在我们的领域，我们将人分为道德家和虚无主义者。近来我不无怀疑地检视了这种划分；我虽然不敢公开地提出异议，因为我知道与此相关的意义非常重大；我们的整个机制几乎都建立在这个区别上。

只有一个人真正知道这到底是怎么回事。我，一个看门人，正是这样一个人。道德家，哦，他们往往乘出租车而来。他们是很富足的，身上散发着古龙香水的味道。他们带着文凭和剪报、评论文章，常常还有自己与教皇在一起的照片。虚无主义者往往步行而来，累得要死的样子，不修边幅，愁眉苦脸，通常身无分文。他们没有什么好炫耀的。

道德家装得像是来此出席另一个国际会议的样子。他们会问给他们预订了什么房间；他们很在意询问他们的朋友住在什么地方。他们说话的语气，像是在说一切都在意料之中。这都是些容易发怒的人，习惯于奢侈。

虚无主义者不要求任何东西，他们来了很快就睡。情绪低落，他们知道他们只是在从一个地方转换到另一个地方。

我必须承认，有时候，我会有意调换他们的房间，将一个虚无主义者送进预先留给一个道德势利眼的房间。

历史想象力

当我还是一名渴望知识的高中生时,我经常去听那些来到我们偏远城市的著名人物的讲座。

他们通常都是某个专门领域的专家:一个讲伊丽莎白时代的戏剧,另一个讲荷兰绘画的黄金时代,还有一个讲斯坦尼斯拉夫·维斯皮安斯基①的戏剧。

听众往往都是一些像我一样的高中生和退休的老人。第一类听众想要知道那等待他们的生活会是怎样的;第二类听众却想试着理解生活曾经是怎样的。

甚至也会有最成功的讲座——举例来说,一个来自华沙的高个子、鬓发灰白的嘉宾,做关于中世纪建筑的讲座,讲得那么热情四溢会使听者不由得想他是在提出一个未来城市的规划——但这使我们两类听众都不免有些失望,因为他完全没有给我们两边的基本问题带来答案。

有一天将要举行一个关于历史想象力的讲座。我们这些来听讲座的常客,便询问主管人谁来做嘉宾。这一次我们被告知,既不是历史学家,也不是科学家,而是一个诗人,而且很有才华,却不是很有名。很多年里他在当局都不受待见,但是其时他的处境至少有所改善,所以他可以公开发表作品并会见公众了。("那又怎么样,"我的一个高中朋友叹息道,"如果公众根本都不知道他,那会怎样?不受

---

① 斯坦尼斯拉夫·维斯皮安斯基(1869—1906),波兰著名剧作家、诗人和画家。

当局待见，跟着就是不受读者待见。")

终于他出现了。他跟以前演讲的人很不一样，安静，几乎没有什么确信，好像他也不相信会有什么人理解他。听众席里不多不少只有五个人。

"我们知道的那样少。"他强调说。"我们把一切都交给了历史。我们用历史解释一切。上一场战争，"他说，"之所以是一场悲惨的灾难，不只是因为数百万无辜的人死于战争——那当然是主要方面——而是因为在那场战争中，我们失去的，不仅是那些被讯问、再被判决而遭谋杀的人的尊严，还有更多的人的尊严。他们生活着，作为一种非历史的、永久的存在，无助地纠缠于历史之中。这样的人更多。"

"女士们、先生们，你们是否注意到？"他问我们——五个人，三个高中生和两个年纪更大的妇女——一共五个人，其中一人听了几分钟后，就像一个印第安人一样安静地睡着了，"女士们、先生们，你们是否注意到，现在的诗歌、小说、电影剧本，都把一切归咎于历史？你们是否注意到，我们已不再存在？也就是说，作为意志和思想之心脏的人，透视个体命运的眼球，已经不再存在？"

"只有历史，那充斥、租用、摧毁、彻底限定我们的历史留了下来。而历史想象力，正如你们肯定知道的那样，在后来得到发展，过度地发展，怪兽一样，寄生虫一样，吞噬了其他的一切事物，其他的想象和思想，甚至剥夺了不属于它们的自由，不，而是将它们最小的尊严也剥夺了。很久以前我们生活在这个世界上，作为过客，只是偶然地遇到暴力、死亡、战斗。有人合上眼睛，有人试图跑开，其他的人仍然受到保护。

"我们不一样，我们来自另外的地方，邪恶使我们异常惊讶。我们不能理解苦难了。现在一切都被改变了：我们成了历史的存在。某个厉害人物站在我们的摇篮边，他衣服的破布条已被缝进我们的衣服；我们必须一直找某个人复仇，或拯救某个人，而当它发生时，我们自己就犯下一个错误或罪过，而历史想象力成了我们的律师。我们会说，啊，不是我，是这个时代。我们做的全都一样。我们说，历史想象力是我们的提词员。

"我们变得亲昵于历史，经验与无经验、黑夜与白昼、音乐和统计学之间的边界。但是，我永远都不会同意这一点。我宁愿相信我是受造的，也不愿相信我是历史的产物；我宁愿我是可笑的，也不愿我是普通的；我宁愿一无所知，也不愿无所不知。"

他累了。他停了下来，并很快离开大礼堂，没有等谁提问或表示不同意见。我们独自留了下来，五个年龄不同的人。我们什么也没说，我们中间谁也没有勇气去唤醒那个睡着的妇女。那是夜晚，十一月；我们的手表，在安静地嘀嗒、嘀嗒响。

来自另一个世界

诗歌来自于另一个世界。来自怎样一个世界？来自内心生活所在的世界。那样一个世界存在于何处？我无法说出。思想，隐喻，以及情绪，来自另一个世界。有时它们充满崇高的信任，而在另外的时候，却显露出轻蔑和讽刺。它们出现在奇怪的时间里，未经邀请，突然到来。然而，当它们被邀请的时候，它们却宁可不露面。

在巴黎的街上，哑剧艺人取悦众人的方法，常常是模仿某些庄重的过路人的步伐。他们赶着上班，手提沉重的公文包，大脑里是沉重的想法。哑剧艺人像这样跟在某个人后，煞有介事地模仿其走路的样子、表情、姿态、一本正经、急切、全神贯注。一旦过路人意识到他身后跟着一个活动的效颦者正在模仿他，戏谑游戏就终止了。人们放声大笑，被开玩笑的人加快他的步伐，消失于小巷；然后，表演者鞠躬,一点一点收钱。

精神生命也在类似地模仿这个政治、历史和经济的严肃世界。它就跟在后面,一步一步,或悲哀或高兴。它跟在真实的世界之后,像一个狂热的、红头发的守护天使,大哭或者大笑,演奏着小提琴或者背诵着诗歌。当现实终于意识到它并不是独自存在时,那个幻影的影子,朝公众鞠一躬,就消失了。

诗歌来自于另一个世界。来自何处?我不知道。

空 虚

一个诗人去见一位扎迪茨①。这位扎迪茨给诗人上了茶和杏仁,并指给他看城市的风景。他的住所在第二十层;整个城市的河流和运河都如花岗岩中云母的纹理在闪烁。这是一个和煦的秋日,拖船与满载谷物的庞大货船眉来眼去。

"你在想什么?"扎迪茨终于问道,"我看着有什么事情折磨着你。"

"是的,"诗人回答道,"我需要你的帮助,那烦扰我的是……我不知道该怎么说,我很难找到准确的词语……"

扎迪茨安静地坐在扶手椅上,仔细看着他那修剪匀整的指甲。

"我被空虚折磨着,"过了一会儿,诗人说道,"虚无。有很多天我不能写作,甚至不能思考。有许多美妙的日子,富于发现和梦想,那样的日子是宝藏。但是,在那之后,是数周的沉默、绝望。"

扎迪茨笑了,以一种相当职业的方式——就像医生、精神分析

---

① 扎迪茨在希伯来语里指犹太教会的圣贤之人。

师、登山向导的微笑。

"你是一个幸运的人,"他停顿片刻后说,"上帝不时造访你。想象一下有一间房子,里面有许多件沉重的家具、屏幕和帘子,古董箱紧邻着中国花瓶——永远不会有一道光进入这间房子——而你就像是一个宽敞的房子,其中只有一把椅子。这把椅子立在屋中央,等待着。它有的是时间。空虚就是无限的忍耐。虚无在等待充满。绝望在安静地歌唱,就像知更鸟,即便在十一月,在下雪之前,那鸟儿也会啭鸣。"

富于灵感的皮肤病学家

无论谁,只要在傍晚时分,在欧洲最好的一个图书馆门口,一定会注意到一些正在离馆的年轻人,他们因阅读诗歌和哲学而目眩神迷,以致不能直视外面的物质世界。这些年轻人,走起路来像盲人,而且也像盲人一样笨拙地进入暮色笼罩的城市——他们之中有些人马上就消失了,被一辆汽车或电车撞倒。另外有些人会被警察拦住,因为他们的行为违反常规,对其他普通的行人构成危险。还有一些人,要走很长、很长的路——比如戈特弗里德·本恩①所经历的道路,持续七十年——一路经过两次世界大战、德意志第三帝国、柏林封锁。然而,这些可怕的障碍,也都没有能够阻挡他们的脚步。

谁是戈特弗里德·本恩?一个了不起的诗人,也是一个皮肤和性病科医生。他外貌如何?个子不高,相当壮实,比较难看。他专注而

---

① 戈特弗里德·本恩(1886—1956),德国表现主义诗人。纳粹上台初期,有支持的言行,不久流露出对纳粹统治的不满,受到纳粹政权的批判;其全部作品被查禁。20世纪40年代末重新开始创作,在战后影响很大。

威严地凝视相机的镜头,就好像在努力将一个他亲自选定的、具有吸引力的形象强加到感光乳胶片上。我见过他吗?我不可能见过他,因为他在一九五六年就去世了,那时我只有十一岁,而且远在格利维策。他属于我的祖父那一辈人。

本恩无疑是那些一心想从图书馆获取思想刺激(主要是尼采的思想)的年轻人中的一个,同时,他也是代表德国小资产阶级的柏拉图式观念的杰出化身。作为一个牧师和瑞士女人的儿子,他从完成学业定居柏林直到去世,都保持着对这座城市的忠诚。在第一次世界大战期间,他离开柏林到了布鲁塞尔;三十多岁时移居汉诺威,那时他成了一名军医——这是为了选择一种"高贵的移民方式";在战争的最后几年,他去了兰茨贝格(即现在波兰的戈茹夫省)。

他在白天接收病人,而晚上就去啤酒花园。如此四十年。白天治疗皮肤病,晚上以啤酒消遣。只有在周日,啤酒换成黑咖啡,等待诗歌灵感的袭来。灵感的确也不是每周都来,但已足够使他成为一个伟大的艺术家——每到周日他就等待灵感光顾,拒绝友人相约旅行或野炊的邀请——比如亨德米特①夫妇,他们拥有一辆小汽车。

他是一个出色的德国小资产阶级分子。他知道这一点,且引以为傲,并在其中寻找庇护。在街上,他把自己隐藏在一顶软帽的帽檐下——藏起他那一张苍白、不怎么有趣的大脸可不是那么容易——但是,他却给所属的社会阶级带来了荣耀。有一个想法,让我觉得有趣:也许弗拉基米尔·纳博科夫遇到过本恩,前者在柏林住过一段时间,而且不太喜欢德国人,他如果在街上或者地铁里不无反感地见到本恩,心里也许会想:"这就是你们这些啤酒消费者的典型,毫无个

---

① 保罗·亨德米特(1895—1963),德国作曲家。出身于一个手工业主家庭。1917年应征服役,参加了一个团级军乐队。1921年《弦乐四重奏》的公演奠定了他作曲家的地位。1940年至1953年,曾在耶鲁大学任作曲教授。1963年1月病逝于法兰克福。

性和想象力。"

而另外一位散文家克劳斯·曼①,却在他的作品《梅菲斯特》里为本恩画了一幅肖像。在那里,本恩被叫作佩尔兹,身体和本恩差不多(中等身高,壮实,淡漠的蓝眼睛,低垂的下颌,肥厚而冷酷的突嘴唇)。佩尔兹表达的观点,也是对本恩的政治哲学夸张性的模仿:"在一个民主社会中生活已经是过于安全了。我们的存在离英雄主义哀婉动人的因素已经越来越远。而今天我们参与其中的社会场景标志着一种新型人类的诞生——或者是人类古代神奇勇士这一类型的重生。这是多么美妙和令人振奋的景象!"

本恩——佩尔兹在希特勒上台后立刻支持纳粹。但是,他对这一新政权的赞赏却没有维持太久——几个月后,本恩就变成了一个不受欢迎的人,遭到抨击,并且最后发现自己处于危险之中。

本恩生活中的这一插曲,具有某种怪异的性质,属于在纳粹统治下可笑而不合常理的情况。甚至克劳斯·曼(他非常欣赏本恩的诗歌)也看出了这一点,尽管曼对本恩心存愤怒。曼促使德意志第三帝国的另外一些支持者发表过一些更为实用主义的声明:"不管谁统治我的国家,我都是并将一直是一名德国艺术家和爱国者。在柏林,我比在地球上的任何其他城市都感觉良好,我也没有离开的愿望。此外,我能在其他什么地方赚到如此多的钱呢?"

本恩所处位置的怪诞,来自其意图本身的庄严和纯洁性。有一阵,他非常严肃地接受了新政权的哲学(英雄主义!英雄主义!),但他从来没有指望借此获得事业、金钱、名声,或者他本人著作的特别版本。

但是,并不是本恩传记中的这段短暂的"纳粹"插曲使我感兴

---

① 克劳斯·曼(1906—1949),德国作家。作为托马斯·曼的长子,在20世纪20年代成为迷失在都市生活中的新一代德国作家的代表。30年代,他又成为抵制法西斯的文化运动的领袖。1949年5月22日,于法国戛纳服用过量的安眠药去世。

趣。我最感兴趣的还是他非凡、忧郁的诗篇。谈论诗歌是困难的。在诗人的历史上——有别于诗歌的历史——这个谦逊的皮肤和性病科医生，占有一个独特的位置。也许从来没有哪个诗人，像他那样戴着面具，那样诡异、善于掩饰，却又与其他人穿戴得全然一样。在文学史上，也许从来不曾存在过如此绝对的断裂，在诗歌和世界、诗人和他的身体、精神和现实、灵感和历史之间的断裂。

本恩完全懂得这种断裂，甚至以此为傲。他倾心于这种断裂，并曾炫耀这种非连续性。他试图从哲学上证明它的正当性，并从中看到了他的艺术自由存在的保证。

斯特凡·格奥尔格①属于比本恩更老的一辈人，喜欢穿着希腊式长袍，佩戴月桂树叶做成的花环。在本恩看来，这是一种令人恶心的装扮。他本人只穿国防军的制服（我有必要提醒一下读者：他是一名军医，没有杀过人，并在战争期间做过有关士兵自杀情况的统计分析），医生的白大褂，或者小资产阶级的西服。他生活朴素，住在公寓的第一层。当他邀请朋友来访时——这是他很少也不大愿意做的事——他会预先警告他们，不要指望会看到什么皇宫或文艺复兴时期的家具。他也曾为自己用来待客的葡萄酒品质不佳而向恩斯特·荣格尔道歉。他只懂啤酒。

他将永不疲倦的头脑全部的想象力都用在了别处（写诗、信和随笔）。生活，在他眼里是或被想成灰暗和琐屑的东西，就像带泡菜片的炸肉排。在汉诺威，本恩不得不会见他的一些朋友、官员，并就"一九五一年十一月谁是第十五任储备军队的长官"这样的题目发表谈话。关于在汉诺威乏味的生活，本恩常常写在信中寄往不来梅。商人兼艺术爱好者 F. W. 奥尔茨就住在那里，他是一个出售宗教性物品的公司的合伙人。本恩把他想象成某个美第奇家族成员与威尔士王子的结合体。这与真正的奥尔茨先生并没有什么关系，事实上，奥尔茨

---

① 斯特凡·格奥尔格（1868—1933），德国象征主义诗人。

先生只是一个可靠的、普通的商人。

在给奥尔茨的信中,本恩偶尔会流露出自己相对于收信人的精神优势(在写信时,他从不采用随便的形式);然而,他又无限赞赏这个不来梅商人的恪守礼仪,称赞他度身定制的优雅西服,以及他所认为的——英式派头,欧洲风格。奥尔茨的旅行经历常常吸引着本恩,本恩经常将自己现世的成功归之于他,而他也被怀疑与最上流社会的某人有过一些风流韵事。

本恩实际上很少见到奥尔茨。他宁可想象他。奥尔茨就像是一首诗:存在于想象里,存在于语言中,却不能近距离地窥视,以免破坏整个幻觉。一个有趣的插曲可以证实这一点:有一次,本恩事先没有通知就到了不来梅,结果他只是满意地看了看奥尔茨住所的外观;他没有进去拜访。他宁可想象他的朋友,而不是真正地见他。

不过,还是让我们暂且回到在德意志第三帝国存在的最初几个月本恩对它的支持这件事情上来。本恩之所以被拒绝,是因为他太严肃、太真诚、太有原则。他不知道应该如何背叛他的艺术同盟——那些表现主义者——与此同时,表现主义作为一种有违国家社会主义的文学潮流,已经受到严厉的谴责。有人很可能在阅读本恩的诗歌后,结束了自己的生命。于是,产生了这样的流言蜚语:这些诗歌的作者,没有把自己看作新国家的同盟,因为他是一个颓废主义者,一个扭曲的虚无主义艺术的典型代表;从他身上,看不到任何对于日耳曼民族的美德或建国激情的赞美。

在那之后不久,本恩在写给茵娜·塞德尔①的信中说:"我不能继续下去了!某些东西已经担当了最后的稻草!多么可怕的悲剧!整个事情开始越来越像是一出低级庸俗的戏剧,却被当作《浮士德》一样不断受到赞颂,真实的演出却比'轻骑兵来了!'强不了多少。这一切起初是多么壮观啊,今天看起来却是多么令人厌恶!而这个故事

---

① 茵娜·塞德尔(1885—1974),德国诗人、小说家。

的结束，尚不可预料。"（一九三四年十月二十七日的信）

一九三六年五月七日，在党卫军的文化机构"黑衣军团"，本恩本人和他的作品均受到攻击。第二天，这场攻击即被《民族观察报》报道出来。本恩处在危险之中，如果说此后诗人之所以还没有遇到什么麻烦，完全要归功于无数保护者的细心斡旋。

值得强调一下与戈特弗里德·本恩身处的困扰相关的环境，其中那种难以形容的琐碎性——至少在文章的发表之类事情上是如此。他怀疑发表在《黑衣军团报》上那篇充满敌意的文章，其作者是一个叫 H. M. 艾尔斯特的人。早些时候他曾是作家协会的一个财务主管，被本恩和其他人一起揭露有欺骗行为，并不得不从作协机构辞职离开。

这一切导致本恩长达数十年的隔离状态——他的作品被禁止出版。正是在那个时期，本文主人公的主要特性，关于诗歌与世界彻底的二元论达到了顶峰。更早一些时，在二十年代，本恩曾为诗歌的自律性做过辩护——他最经常地反对无思想性和肤浅的左派宣传家，因为他们只是将诗歌当成处理政党问题的工具（这也能够部分说明本恩在一九三三年间所处的位置：他忙于与左派论战，常常对自己的右派立场不能保持镇静）。但是，也正是在这十年间的彻底孤独和苦涩，才让本恩的二元论达到了极端的特殊形式。百年孤独只是发生在小说里。十年真实而难熬的孤独，却是一个足够严厉的判决。

我不是在为本恩这个人辩护。我不是在为他写作申辩书。我欣赏他的很多诗歌和随笔，但是，他的某些文本——尤其是处理种族观念的那些文本——令我反感。我不知道他是谁。他是否善良？无人知道。即使是英式派头的不来梅人奥尔茨，在本恩死后的一封信里，也说本恩身上存在某种邪恶的东西、某种"恶魔似的"东西。而他同时又是一个好医生，为最可怜的妓女免费治病。而且，他是一个忠实于自己的诗人，不能忍受"文学工业"的欺骗（我稍后将再回到这个话题）。

所以，我不是在为本恩辩护。也不能说，本恩的命运比关在集中营里那些囚徒的命运更难以忍受。毕竟，他行走在身穿国防军制服者的队列里。而且，令人奇怪的是，本恩从未产生过一丝反对、反抗的念头；这里，毫无疑问地证明了在本恩身上，普鲁士人的传承比他的个人性格更强大。在很多其他的情形下，他都懂得如何做到坚韧、无情。

本恩的隔离状态，在他逗留于兰茨贝格——这是一个小镇，今天叫作戈菇夫·维尔科波斯基——时达到了极顶。他仍然是一名军医，仍然身穿灰色制服，唯一不同的是，他所停留的地方一无所有，除了田野，小房子和军营，狭窄的街道，花楸浆果，以及轮流来自西方，后来是东方的白云。过早衰老，年届六旬，本恩获许让妻子随军生活在一起。他们都住在军营里，与无畏的臭虫战斗。本恩写作诗歌和随笔，让自己沉浸于神秘难解的文本之中。他有许多空闲时间。给从柏林征招来的后备军人、军营举办各种速成课程，然后，再把他们投入日渐逼近的东部前线。帝国正在崩溃，但是没有人可以谈论。每到晚上，本恩医生要做长长的散步。丁香花在园中盛开。苏联人已经越来越迫近。

他经历了最严重的心理隔绝。正是在兰茨贝格的军营里，本恩完善了自己的文化哲学。一方面，那里有荒谬、残酷、黑暗的历史，流血和征服（如米沃什引用雅罗斯瓦夫·伊瓦什凯维奇①所描述的，中国在七至十三世纪里持续存在的动乱历史），戈培尔的煽动，时而战争时而相对的和平；另一方面，是思想、启示、诗歌、图画、精神生活。这两个领域互不触及。前者只配蔑视，后者值得奉献一生。

开头我曾说到本恩的历程；陶醉于尼采，他走出图书馆（我们甚至知道是哪个图书馆——国立图书馆，在柏林分割后被留在了东边，本恩曾为它深感遗憾）。他前进的道路，从柏林通往兰茨贝格，

---

① 雅罗斯瓦夫·伊瓦什凯维奇（1894—1980），波兰著名诗人、小说家、剧作家。

然后返回。尼采的早期思想对他产生了决定性的影响，尤其是《悲剧的诞生》。只有作为一个具有美感的现象，这个世界才能找到正当的理由，本恩高兴地重复这一观点。甚至他对德意志第三帝国短暂的热情，也可以解释成阅读尼采的一个后果：有一阵，本恩在朝晚期尼采的方向移动，朝他关于超人和"血统"的论文移动（重提这些东西，我都感到羞耻）。然后，当他终于从一切政治行为厌恶地转身时，才从晚期尼采"撤退"到早期尼采，回到《悲剧的诞生》，回到图书馆。

他对德国三十年代后期的现实的厌恶，是那样强烈，以致宣称它是看不见的！在一九三八年七月六日给奥尔茨的信中，他写道："甚至可以说，在光学和生理学的意义上，我们只注意那些看不见的事物。"

我们只注意那些看不见的事物！尤其在小小的兰茨贝格，人不注意——或者认为不值得注意——那些可见的事物，除非它们是无视战争的玫瑰，或牡丹，或燕子。历史世界，呸，没什么大不了的，就是城市、村庄、医院、灯塔、潜水艇、电话、电报、机场、集中营等等。另一方面，在我们写出题为"阿斯特拉"的四节诗时，它们就会抵消整个世界的重负，至少是在那么一瞬间。

在尼采进行哲学思考的最后那些年里，他勾勒了一个改变人类的仓促计划。在经过一段短暂的热情期后，本恩指责他的精神导师对于人类变革的可能性，只有未经证实的信念。他，本恩，一个逐渐苍老的诗人，带着苦涩的确信，懂得根本不存在这样的演变。存在着两个王国，精神和历史，而在这二者之间，不会有任何交换。一个会有诗歌，另一个将是白痴的世界，满脑子都在想着移动边界、完善坦克、议会选举。

在本恩的诗歌哲学中，有某种令人兴奋的东西（这一点对诗人特别具有吸引力），特别是如果你是直接从本恩犀利的句子中获得这些东西，并还记着本恩永远凝固在照片中的不断挑战我们去行动的目光。你会把他的哲学当作一首诗,或者当作一种哲理来阅读。在第一种情形下,它会产生期望中的东西:令人又惊又喜的狂喜和焦虑。然而,如果你更为理性地去阅读,就很难不对它提出批评。

本恩精神上的激进主义,与海德格尔和恩斯特·荣格尔的思想具有某些共同的特征。人一旦将世界划分为历史和诗歌,接着就会抹去有利于人的、适于人类生活的、人性的历史与制造了集中营的那种历史之间的区别。正如海德格尔(以及荣格尔)关于技术的观点,技术被认为应该为我们时代所有的邪恶负责。然而,有人一定会说,乔治·巴顿将军的坦克阵,比海因茨·威廉·古德里安将军的坦克阵"人道"得多。

本恩知道这点,至少从一个实际的立场看,他知道。战争之后,当本恩再次回到他热爱的柏林——其时柏林正经历困难时期——本恩确切地知道,他的同情应置于何处。他恐惧苏联,而又谨慎地欣赏温良的美式民主及其种种魅力。但是这些"同情",并没有被引入他的"体系";他并未改变其激进的二元论哲学。这种哲学对我来说,几乎就像是本恩的另一首诗——它带给我震颤,它也应该如此,但是,不可能依照它来生活和思考。的确,其中存在着一种地形学性质的直觉知识:事实上,比起历史世界里每天发生的骚乱,诗歌的确更适合于另外的某个地方。

还有,以这样的方式让诗歌隔离出来,本恩使人意识到,诗有属于"小的超越"的范围("大的超越"我们留给神学家);诗,和一般艺术,必须区别于新闻、纯粹的记录,或说教性的写作。写诗不同于写一个章程。

并非由于本恩对诗歌意义的这个看法,使我排斥作为随笔家的本恩;而是因为他从另一面,即从历史和政治方面,取消了诗歌的意义。认为这一面是毫无意义的,只有废话,这不仅是一个错误,更等于切断了诗歌—世界之间的联系及其丰富性、令人激动的戏剧性。

而这,正是本恩所不懈追求的。读他的随笔,就像读一篇充满激情、鄙视,关于现实的饶舌之文。他的随笔只有日常生活,永恒的变幻、厌倦。他对药物感兴趣,也只是因为药物以其特殊的方式,作用于人的洞察力、头脑的绝对清晰。然而,政治性的东西——没有什么是有趣的。他摒弃了希腊人认为人是一种"政治动物"的理解,把这看成一种典型的巴尔干人的观念。

本恩自认为是一个虚无主义者。那么,他究竟是何种虚无主义者?他把虚无主义描述为"快乐的感觉"。对他来说,虚无主义是诗歌灵感的升降机,可以将他带到诗的天堂。

悖论的是,在与纳粹合作期间,更确切地说,是在他想要与纳粹合作的时期,本恩最不像是一个虚无主义者(我想提醒读者,这段时间只持续了几个月)。

关于虚无主义的界定,存在某种术语上的混乱(虚无,如我们所见,呈现于世界的形式有千百种)。从活跃、狂热、匀质化的行动这个意义上说,纳粹主义就是一种虚无主义。

本恩的虚无主义,毋宁说是一种极端的唯美主义,意在唤起人注意"前审美现实"中一种兴趣的匮乏。这也就是为什么,我相信本恩美化"新国家"的那一刻,与他身上虚无主义的弱化,乃至他对它彻底的抛弃有着紧密的联系。成为荣耀的同时,其自身内在的虚无主义也在削弱甚至被完全抛弃。这二者之间有着一定的联系。那时候,也只是在那个时候,本恩在"市民的"事务方面,以某种活力充分表达了自己。

顺便说一下,在一定情形和语境下,"虚无主义者"也可能不仅仅是"爱国者""畏神的人"和"政治活动家"的对立面,也可以是"伪君子"的对立面。一个虚无主义者不仅拒绝种种价值,也会拒绝唱出赞美之歌的修辞。正如每个人都知道的,在这方面,也不缺乏堕落和欺骗。在本恩的随笔和书信里,我们读到一种非同寻常的清醒和坦率。有一种东西是不能指责他的:在建立对自己作品的个人崇拜上,他有着近乎狂热的热情。在一封信中,他明确拒绝为他即将到来的七十岁生日举行纪念仪式的提议,此信应该和他在一九三三年所写的、危害到他的那些随笔文章,被文学史教科书一起引用进去。

他是一个审美家。他曾谴责德意志第三帝国,主要因为它接二连三地制造"刻奇"的东西,制造像《轻骑兵来了》那样的闹剧,而非《浮士德》。假如纳粹能够做得更好一点,假如纳粹能够满足奢华的审美家的期望,就能改变犹太人、吉卜赛人、波兰人,以及其他不确定的人类成员的心情吗?

一个德国的马拉美,被错误地——被谁?——放到了一个错误的时代,束缚于国防军的制服;一个臃肿的马拉美;让我们还是把他留在兰茨贝格吧。在那里,他才能最热切地生活着,最衷心地服膺于他的二元论哲学。让我们还是把他留在山楂树林里、乡村小路上,让一群群燕子与他做伴吧。它们正在一部不被录音的歌剧里,吟唱咏叹调。暮色降临,罂粟花和矢车菊绽放。暗夜又返回。

捍卫形容词

我们经常被告知要删掉形容词。好的风格,据说,没有形容词会更好;有如弓一般坚固的名词和迅速、普适的箭一般的动词,就足够了。然而,一个没有形容词的世界,就像星期天的外科诊所一样令人忧伤。蓝色灯光从冷冷的窗口漏出,荧光灯发出安静的低语。

对于个人和事物的独立性而言,形容词是不可缺少的保证。我看到水果摊上一堆甜瓜。对于反对形容词的人来说,表达毫无困难:"甜瓜堆在水果摊上。"其时,一只甜瓜气色不佳,就如塔列朗[①]在维

[①] 夏尔·莫里斯·塔列朗(1754—1838),法国外交家。修士出身,历经法国大革命、拿破仑时期和波旁王朝复辟,历史学家对其评价争议很大。

也纳国会上致辞时的脸色；而另一只是绿的，没有成熟，充满青春的傲慢；还有一只，有着凹陷的脸颊，深深迷失在酸楚的沉默里，仿佛还难以忍受离开普罗旺斯的田野。没有两只甜瓜是相同的。有些是椭圆的，有些是矮胖的。或硬或软。带着乡村和落日的味道，或者干燥、顺从，因为一路的奔波、雨水、陌生的手、巴黎郊区灰暗的天空，显得无精打采。

形容词之于语言，犹如颜色之于绘画。地铁里坐在我身边那个年纪更大的人：整个就是一份形容词的清单。他假装在打瞌睡，但是，通过半张半闭的眼睛，他也在观察同行的乘客。他的嘴角突起一丝微笑，时而具有一层讽刺意味。我不知道，那是否表明在他内心深处驻留有一种绝望，或疲惫，或因无惧于时间流逝而持有一份坚忍的幽默感。

军队限制形容词的数量。只有一个形容词，"一样的"。在那些没有光彩的眼里，它具有特别的价值。一样的制服，一样的步枪。任何一个从军训回来的人，换上平民的服装，走向平民的城市，在迈出第一步时，就会记住一次难以置信的形容词、颜色、色调、形状的爆炸，记住世界的差异性，它们以各种鲜明的个性扑面涌来。

万岁，形容词！大或小的形容词，被忘却或正流行的形容词。"我们需要你，灵活小巧的形容词，轻轻附着在事物或人身上，确保我们的注意力不使错失任何个体生动的味道。浸没在无情、苍白阳光下，背阴的城市和街道。与鸽翅相同颜色的云，充满狂怒的乌黑的云：如果没有多变的形容词游荡在你们身后，你们会是什么？

伦理是另一个离开形容词一天也不能存在的领域。善的，恶的，狡诈的，慷慨的，满心报复的，激情的，高贵的——这些形容词，就像断头台锋利的刀口，闪着光芒。

如果没有形容词，记忆也不会存在。记忆是由形容词形成的。一条悠长的街道，一个酷热的八月天，一扇通向花园的咯吱作响的门。就在那里，在被夏日的尘土覆盖的醋栗树中间，是无限丰富的、"你们的"手指(没错,"你们的"也是一个形容词性的物主代词)。

天真与经验

我们要感谢威廉姆·布莱克著名的《天真与经验之歌》。我们本能地倾向于依照时间顺序阅读布莱克的诗歌:首先是天真,然后是受苦受难的补偿、经验。果真如此吗?天真果真就是我们失去的某个东西吗?如童年,一旦失去就永远失去?经验难道不是也可能失去吗?经验是一种知识,而且没有什么像知识一样容易解体。这同样也发生于伦理知识,也就是智慧方面。有的人从集中营里活了过来,尊严和道德感都能不被损害,但在后来却可能变成一个自大的利己主义者,可能伤害一个孩子。如果他意识到这一点并开始感到后悔,他会重新回到一种天真的状态。

这就是为什么最后到来的不一定是经验。天真跟在经验之后,而不是反过来。天真因经验变得更为丰富,因自我确信而显得更为贫乏。我们知道得如此之少。我们在某一时刻理解了,然后随即忘记,或者,我们背叛了那个理解的时刻。到头来,有的只是天真,苦涩无知的天真、绝望、好奇。

"蓝色东欧"译丛(部分书目)

第 一 辑

- 《石头城纪事》(小说)
  【阿尔巴尼亚】伊斯梅尔·卡达莱 著　李玉民 译

- 《错宴》(小说)
  【阿尔巴尼亚】伊斯梅尔·卡达莱 著　余中先 译

- 《谁带回了杜伦迪娜》(小说)
  【阿尔巴尼亚】伊斯梅尔·卡达莱 著　邹琰 译

- 《石头世界》(小说)
  【波兰】塔杜施·博罗夫斯基 著　杨德友 译

- 《权力之图的绘制者》(小说)
  【罗马尼亚】加布里埃尔·基富 著　林亭、周关超 译

- 《罗马尼亚当代抒情诗选》(诗歌)
  【罗马尼亚】卢齐安·布拉加等 著　高兴 译

第二辑

- 《我的疯狂世纪（第一部）》（传记）
  【捷克】伊凡·克里玛 著　刘宏 译

- 《我的疯狂世纪（第二部）》（传记）
  【捷克】伊凡·克里玛 著　袁观 译

- 《我的金饭碗》（小说）
  【捷克】伊凡·克里玛 著　刘星灿 译

- 《一日情人》（小说）
  【捷克】伊凡·克里玛 著　高兴、杜常婧 译

- 《终极亲密》（小说）
  【捷克】伊凡·克里玛 著　徐伟珠 译

- 《等待黑暗，等待光明》（小说）
  【捷克】伊凡·克里玛 著　杜常婧 译

- 《没有圣人，没有天使》（小说）
  【捷克】伊凡·克里玛 著　朱力安 译

- 《花园里的野蛮人》（散文）
  【波兰】兹比格涅夫·赫贝特 著　张振辉 译

- 《带马嚼子的静物画》（散文）
  【波兰】兹比格涅夫·赫贝特 著　易丽君 译

- 《海上迷宫》（散文）
  【波兰】兹比格涅夫·赫贝特 著　赵刚 译

- 《父辈书》（小说）
  【匈牙利】瓦莫什·米克罗什 著　许健 译

第三辑

- 《乌尔罗地》（散文）
  【波兰】切斯瓦夫·米沃什 著　韩新忠、闫文驰 译

- 《路边狗》（散文）
  【波兰】切斯瓦夫·米沃什 著　赵玮婷 译

- 《第二空间——米沃什诗选》（诗歌）
  【波兰】切斯瓦夫·米沃什 著　周伟驰 译

- 《无止境——扎加耶夫斯基诗选》（诗歌）
  【波兰】亚当·扎加耶夫斯基 著　李以亮 译

- 《捍卫热情》（散文）
  【波兰】亚当·扎加耶夫斯基 著　李以亮 译

- 《索拉里斯星》（小说）
  【波兰】斯塔尼斯瓦夫·莱姆 著　赵刚 译

- 《遗忘的梦境——查特·盖佐短篇小说精选》（小说）
  【匈牙利】查特·盖佐 著　舒荪乐 译

- 《流星——卡雷尔·恰佩克哲理小说三部曲》（小说）
  【捷克】卡雷尔·恰佩克 著　舒荪乐、蒋文惠、程淑娟 译

- 《神殿的基石——布拉加箴言录》（箴言）
  【罗马尼亚】卢齐安·布拉加 著　陆象淦 译

- 《十亿个流浪汉，或者虚无——托马斯·萨拉蒙诗选》（诗歌）
  【斯洛文尼亚】托马斯·萨拉蒙 著　高兴 译

第四辑

- **《耻辱龛》**（小说）
  【阿尔巴尼亚】伊斯梅尔·卡达莱 著　　吴天楚 译

- **《三孔桥》**（小说）
  【阿尔巴尼亚】伊斯梅尔·卡达莱 著　　施雪莹 译

- **《接班人》**（小说）
  【阿尔巴尼亚】伊斯梅尔·卡达莱 著　　李玉民 译

- **《绝对恐惧：致杜卞卡》**（小说）
  【捷克】博胡米尔·赫拉巴尔 著　　李晖 译

- **《严密监视的列车》**（小说）
  【捷克】博胡米尔·赫拉巴尔 著　　徐伟珠 译

- **《雪绒花的庆典》**（小说）
  【捷克】博胡米尔·赫拉巴尔 著　　徐伟珠 译

- **《温柔的野蛮人》**（小说）
  【捷克】博胡米尔·赫拉巴尔 著　　彭小航 译

- **《无常的夏天》**（小说）
  【捷克】弗拉迪斯拉夫·万楚拉 著　　张陟 译

- **《赫贝特诗集（上、下）》**（诗歌）
  【波兰】兹比格涅夫·赫贝特 著　　赵刚 译

- **《垃圾日》**（小说）
  【匈牙利】马利亚什·贝拉 著　　余泽民 译

第 五 辑

- **《壁画》**（小说）
  【匈牙利】萨博·玛格达 著　舒荪乐 译

- **《鹿》**（小说）
  【匈牙利】萨博·玛格达 著　余泽民 译

- **《两座城市：论流亡、历史和想象力》**（散文）
  【波兰】亚当·扎加耶夫斯基 著　李以亮 译

- **《另一种美》**（散文）
  【波兰】亚当·扎加耶夫斯基 著　李以亮 译

- **《思想的黄昏》**（随笔）
  【罗马尼亚】埃米尔·齐奥朗 著　陆象淦 译

- **《着魔的指南》**（随笔）
  【罗马尼亚】埃米尔·齐奥朗 著　陆象淦 译

- **《乌村幻影》**（小说）
  【罗马尼亚】欧金·乌力卡罗 著　陆象淦 译

- **《裸浴场上的交响音乐会——罗马尼亚20世纪小说精选》**（小说）
  【罗马尼亚】诺曼·马内阿等 著　高兴等 译

- **《我行走在你身体的荒漠——立陶宛新生代诗选》**（诗歌）
  【立陶宛】阿纳斯·艾利索思卡斯等 著　叶丽贤 译

- **《魔鬼作坊》**（小说）
  【捷克】雅辛·托波尔 著　李晖 译

第六辑

- **《简短，但完整的故事》**（小说）
  【波兰】斯瓦沃米尔·姆罗热克 著　茅银辉、方晨 译

- **《三个较长的故事》**（小说）
  【波兰】斯瓦沃米尔·姆罗热克 著　茅银辉、林歆、张慧玲 译

- **《挑衅以及其他故事》**（小说）
  【阿尔巴尼亚】伊斯梅尔·卡达莱 著　李焰明 译

- **《娃娃》**（小说）
  【阿尔巴尼亚】伊斯梅尔·卡达莱 著　张雯琴、宋学智 译

- **《天堂超市》**（小说）
  【匈牙利】马利亚什·贝拉 著　余泽民 译

- **《秘密生活》**（小说）
  【匈牙利】马利亚什·贝拉 著　余泽民 译

- **《蓝色阁楼寻梦》**（小说）
  【罗马尼亚】阿德里亚娜·毕特尔 著　陆象淦 译

- **《两天的世界（上、下）》**（小说）
  【罗马尼亚】乔治·伯勒伊泽 著　董希骁、Mara Arion 译

- **《生活边缘的女孩》**（小说）
  【罗马尼亚】米尔恰·格尔特雷斯库 著
  张志鹏、林慧芬、陈进、李昕 译

- **《希特勒金钱》**（小说）
  【捷克】拉德卡·德内玛尔科娃 著　姜蔚茜 译

· 部分书名为暂定，以出版时为准 ·